# Aventuras literarias

# Aventuras literarias

## SIXTH EDITION

**Ana C. Jarvis**
Chandler-Gilbert Community College

**Raquel Lebredo**
California Baptist University

**Francisco Mena-Ayllón**
University of Redlands

**Houghton Mifflin Company** Boston New York

Publisher: Rolando Hernández

Sponsoring Editor: Amy Baron

Development Manager: Sharla Zwirek

Development Editor: Rafael Burgos-Mirabal

Editorial Assistant: Erin Kern

Project Editor: Amy Johnson

Production/Design Coordinator: Lisa Jelly Smith

Manufacturing Manager: Florence Cadran

Senior Marketing Manager: Tina Crowley Desprez

Cover painting © Harold Burch/NYC

Illustrations: Janet Montecalvo

For permission to use copyrighted materials, grateful acknowledgment is made to the copyright holders listed on page 158, which is hereby considered an extension of this copyright page.

Printed in the U.S.A.

Library of Congress Control Number: 2001133272

ISBN: 0-618-22083-6

789-MP-07 06

# Contents

*Aventuras literarias,* Sixth Edition, is an intermediate-level Spanish reader designed to introduce you to the works of key figures in contemporary and classical literature from Spain and Latin America. This richly diverse collection of appealing, minimally edited short stories, poems, fables, and essays systematically develops your ability to read and understand authentic works, to express your ideas orally and in writing, and to employ literary terms and concepts in analyzing content and style.

The variety of genres and the accessibility of its numerous selections make *Aventuras literarias* an ideal text for introductory literature courses; it can also be used as a supplement for conversation/composition or culture courses. Specifically designed to accompany *¡Continuemos!*, Seventh Edition, *Aventuras literarias* can be implemented in combination with any other second-year grammar review text to anchor a comprehensive intermediate program in preparation for advanced-level courses in literature.

## New to the Sixth Edition

- This edition features ten chapters with a more balanced progression of prose and poetry selections from simpler, shorter readings to lengthier or more complex works.

- Selections by Dominican Blas R. Jiménez and Mexican American José Antonio Burciaga further diversify the group of voices represented in this reader.

- The literary selections in each chapter provide in-context examples of the structures introduced in the corresponding lesson of *¡Continuemos!*

- Prereading support now includes the presentation of vocabulary followed by a preparatory activity for practice.

- Following each reading selection, a conversation activity encourages discussions of themes and issues in the context of personal life experiences.

## Text features

### Prereading sections

- An introductory note, in Spanish, provides biographical information and stylistic background on each author.

- **Vocabulario clave,** or key vocabulary, appears before each short story. The featured terms were selected based on their usefulness in facilitating your understanding of the selection as well as in further developing your vocabulary base.

- **Actividades de preparación** consists of three prereading activities. Activity A practices the *vocabulario clave* just introduced. Activity B focuses on applying a prereading skill. Activity C asks you to preview the reading comprehension questions which will guide you in understanding the contents of the selection.

In the case of poems, Activity A applies a prereading skill and Activity B features reading comprehension questions.

## Reading support

- Each of the text's ten chapters contains three to six readings of manageable length. Challenge is provided as reading selections progress from the simpler, shorter readings in the early chapters to the lengthier or more complex works in the later chapters. Most selections have been adapted for accessibility and have been carefully edited.

- To facilitate your understanding of the readings, marginal glosses provide contextual definitions of unfamiliar terms. Poetic selections are more heavily glossed to further support an immediate understanding of the Spanish language in poetic contexts. These definitions also appear in the end vocabulary for your reference. Footnotes explain cultural points and stylistic devices.

## Postreading sections

- **Tema de conversación** provides an engaging topic for small-group discussion. Related to one or more issues presented in the selection you have just read, the topic asks you to consider the issue in the context of your peer's and your own life experiences.

- **Desde el punto de vista literario** questions build oral communication and critical-thinking skills by guiding your analysis of the selections. Suitable for small-group or whole-class discussion, these questions address stylistic aspects of the readings, such as the use of irony, metaphor, and other linguistic and rhetorical devices.

- To develop writing skills, personalized **Composición** topics expand on each reading's themes and encourage you to use newly acquired terms creatively to analyze and to express your own opinions on a given subject. The **Composición** topics also lend themselves to oral discussion and to collaborative writing.

## Supplementary sections

- The **Lecturas suplementarias** section features ten additional selections, including poems, short stories, and essays that require more advanced-level reading skills. Prereading **Preparación** asks you to apply a prereading strategy. **Díganos** consists of comprehension questions that your instructor might ask you to read before you actually engage in reading the selection.

- The **Apéndice literario**, a valuable tool for textual analysis and literary criticism in Spanish, explains literary genres and defines common critical terms in clear Spanish, with numerous examples. This information will help you as you explore the works in this text and as you continue your studies in advanced-level literature courses.

- The Spanish-English glossary lists all the vocabulary from the readings.

## Student Audio CD

Signaled by a headset icon in the table of contents, key selections are included on the 90-minute Audio CD that comes with each copy of the text. Recorded by native speakers, the CD may be used in or out of class to enhance literary appreciation and listening skills.

## Acknowledgments

We wish to express our sincere appreciation to the following colleagues for their thoughtful comments and suggestions regarding the Fifth Edition and the preparation of the Sixth Edition:

Kathy Cantrell, *Whitworth College*

Sara Colburn-Alsop, *Butler University*

Mark G. Littlefield, *Buffalo State College*

Lauren Lukkarila, *Clark Atlanta University*

Eunice Doman Myers, *Wichita State University*

Yanira B. Paz, *University of North Texas*

Lea Ramsdell, *Towson University*

Patricia Santoro, *St. Peter's College*

We also extend our sincere appreciation to the Modern Languages Staff of Houghton Mifflin Company, College Division: Roland Hernández, Publisher, World Languages; Amy Baron, Sponsoring Editor; Rafael Burgos-Mirabal, Development Editor; Erin Kern, Editorial Assistant; and Tina Crowley Desprez, Senior Marketing Manager.

*Ana C. Jarvis*
*Raquel Lebredo*
*Francisco Mena-Ayllón*

# Capítulo 1

# *Esopo* (c. 600 AEC[1])

*Esopo, escritor de la Grecia Antigua, se conoce por sus famosas fábulas, que llegan a nosotros a través de° la tradición oral y de traducciones escritas. La fábula tiene un objetivo didáctico o de enseñanza°, que se expresa en la moraleja. En muchas fábulas, los personajes° son animales.*

a... through
teaching / characters

## Vocabulario clave

**cada**   each
**contra**   against
**en vano**   in vain
**estar de acuerdo**   to agree
**fuerte**   strong

**mantener**   to maintain
**pasar**   to happen
**el pedazo**   piece
**pelear**   to fight
**tratar (de)**   to try

## Actividades de preparación

A.  Complete las siguientes oraciones con palabras del vocabulario.

1.  Si ella dice "blanco", él dice "negro". Nunca _____.
2.  Los muchachos _____ constantemente. La discordia es continua.
3.  _____ uno de los muchachos habla con su padre.
4.  Voy a _____ de terminar el trabajo para las cinco.
5.  Las chicas son sanas (*healthy*) y _____.
6.  ¿Quieres un _____ de pastel?
7.  ¿Qué _____? ¿Por qué está enojada tu mamá?
8.  Tenemos que _____ la paz.
9.  No quiero decir nada _____ el Sr. Rojas. Él es un amigo de mi padre.
10. Quieren ayudarme, pero yo creo que todo va a ser _____.

B.  La moraleja de esta fábula es "La unión hace la fuerza". El equivalente en inglés es "*United we stand, divided we fall*". Teniendo esto en cuenta, piense en situaciones en las cuales no se alcanza el éxito° debido a la falta de° cooperación.

success / **falta...** lack of

C.  Al leer la fábula, encuentre las respuestas a las siguientes preguntas.

1.  ¿Cuántos hijos tiene el hombre? ¿Qué hacen constantemente?
2.  ¿Qué trata de hacer el padre? ¿Cuál es el resultado de sus esfuerzos?
3.  ¿Qué decide hacer el padre un día?
4.  ¿Qué le trae uno de sus hijos y qué hace el hombre con él?
5.  Cuando los muchachos tratan de romper el haz de leña, ¿pueden hacerlo?
6.  ¿Qué pasa cuando tratan de romper la leña una a una?

[1]Antes de la Era Cristiana

7. ¿Qué les dice el padre que va a pasar si los muchachos se ayudan en vez de pelearse?
8. Según el padre, ¿qué les va a pasar a los muchachos si siguen estando divididos?
9. ¿Cuál es la moraleja del cuento?

# El haz de leña

Un hombre tiene cuatro hijos varones°. Estos muchachos pelean constantemente. El padre trata de mantener la paz°, pero ellos siguen encontrando todos los motivos imaginables para no estar de acuerdo en nada.

Un día, cuando las peleas son más violentas que de costumbre°, el padre decide demostrarles lo que va a pasar si continúan las discordias°.

—Tráeme un haz de leña° —le dice a uno de sus hijos. Le da el haz de leña a cada uno de sus hijos y les dice que lo rompan. Los cuatro muchachos tratan de romperlo, pero sus esfuerzos° son en vano.

—Traten de romper la leña una a una —dice el padre—. Los muchachos rompen todo el haz muy fácilmente.

—Hijos míos: ¿No ven ustedes que, así como° el haz de leña, si ustedes están unidos y se ayudan en vez de pelearse, nadie va a poder contra ustedes? Pero, si están divididos, sólo van a ser tan fuertes como cada pedazo de leña.

MORALEJA: La unión hace la fuerza.

*male*

*peace*

*de...* usual

*fights*

**haz...** bundle of wood

*efforts*

**así...** just like

## Tema de conversación

En grupos de tres, hablen de la cooperación que ustedes reciben de sus familiares, de sus amigos y de las personas con quienes trabajan. ¿Qué ventajas hay cuando todos cooperan? La falta de cooperación, ¿es un problema en alguno de estos grupos? ¿Y ustedes? ¿Cooperan con los demás?

## Desde el punto de vista literario

Comente usted...[1]

1. ¿Qué fabulas populares conoce usted?
2. Si hay animales en esas fábulas, ¿qué representan?
3. ¿Cómo es el estilo del autor: poético, científico o cotidiano?

## Composición

Escriba uno o dos párrafos sobre el siguiente tema: "La unión hace la fuerza".

---

[1]Los conceptos literarios aparecen definidos en el apéndice, páginas 141–148.

# *El Sendebar*

*Los primeros dos libros de cuentos° orientales traducidos del árabe al español fueron* Calila e Dimna *y el* Sendebar. *Ambas° colecciones de cuentos provienen originalmente de la India. Estas obras° tienen gran importancia desde el punto de vista° histórico y literario.*

     El Sendebar, *traducido al español en el año 1253, tiene veintitrés narraciones o "ejemplos". Estas narraciones le dan más importancia a la astucia° que a la moralidad cristiana que se encuentra en los cuentos medievales europeos. Reflejan también el bajo° concepto que se tenía de la mujer en la sociedad de esa época°. A pesar de° esto, la mujer en el cuento que se presenta aquí es lista y astuta, y triunfa al final.*

tales
Both
works / **punto...** point of view
shrewdness
low
**esa...** those days / **A...** In spite of

## Vocabulario clave

**celoso(a)**   jealous
**chismoso(a)**   gossipy
**el (la) embustero(a)**   liar
**el espejo**   mirror
**incapaz**   incapable

**el perdón**   forgiveness
**pícaro(a)**   sly
**el relámpago**   lightning
**el trueno**   thunder
**la verdad**   truth

## Actividades de preparación

A. Complete las siguientes oraciones con palabras del vocabulario.

    1. ¡No te creo! ¡Tú eres una _____!
    2. Carlos me da muchos problemas, pero siempre me pide _____.
    3. Jorge siempre miente; nunca dice la _____.
    4. Ella se mira en el _____ para peinarse.
    5. Hay una tormenta. Hay _____ y _____.
    6. Es una mujer muy _____; siempre consigue lo que quiere.
    7. Fernando es un hombre muy honesto; es _____ de hacer nada deshonesto.
    8. Él es muy _____; cree que su esposa no debe hablar con otros hombres.
    9. Ella les cuenta a todos lo que pasa aquí. ¡Es muy _____!

B. En este cuento, uno de los personajes es un hombre muy celoso y otro es un loro chismoso. Piense Ud. en las personas que Ud. conoce que tienen esos defectos. ¿Qué problemas causan estas personas?

C. Al leer el cuento, encuentre las respuestas a las siguientes preguntas.

    1. ¿Qué hace el hombre celoso un día? ¿Dónde mete al loro?
    2. ¿Qué debe hacer el pájaro?
    3. ¿Qué pasa un día, cuando el marido se va a trabajar?
    4. ¿Qué hace el loro cuando el marido regresa?
    5. ¿Cómo reacciona el hombre? ¿Qué hace?
    6. ¿A quién acusa la mujer?

7. ¿Qué jura la criada? ¿Qué le cuenta a la mujer?
8. Cuando la mujer le echa agua al loro y finge luces con un espejo, ¿qué cree el loro?
9. ¿Cuánto tiempo está la mujer echándole agua al loro?
10. Al día siguiente, ¿qué le dice el loro al marido?
11. ¿Qué piensa del loro el marido?
12. ¿Qué le pide el marido a su mujer?

# Cuento del loro chismoso y de la mujer pícara

Vive en una ciudad un hombre que está muy celoso de su mujer. Un día compra un loro°, lo mete en una jaula°, y lo pone en el mejor cuarto de la casa. El pájaro° debe observar a su mujer mientras él está ausente, para luego contarle todo sin encubrirle° nada.

Un día, cuando el marido se va a trabajar, entra el amigo de la mujer. El loro ve lo que hacen los amantes° y cuando regresa el marido le cuenta lo que pasó mientras él estuvo ausente. El hombre, lleno de ira, echa a su mujer de la casa. Ella cree que la criada es la que habló.

La criada jura° que ella es incapaz de tal cosa° y le cuenta que el loro es el chismoso. Entonces la mujer lo coge° y le empieza a echar° agua, haciéndole creer que está lloviendo. Con un espejo finge° luces que parecen relámpagos y hace ruidos y el loro piensa que son truenos.

Así está la mujer durante toda la noche, hasta que llega el día. Cuando llega el marido y le pregunta al loro lo que vio aquella noche, el loro le dice: —No pude ver nada por la lluvia y los truenos y los relámpagos.

Entonces dice el hombre: —¿La verdad sobre mi mujer es como ésta que acabas de decirme? ¡Pues eres un embustero y te voy a matar!

Envía por° su mujer y le pide perdón.

*parrot / cage / bird*
**sin...** *without hiding from him*
*lovers*

*swears /* **tal...** *such a thing*
*grabs / pour*
*imitates*

**Envía...** *Sends for*

## Tema de conversación

En grupos de tres, hablen de los problemas que tienen y que causan las personas celosas. ¿Por qué creen ustedes que estas personas son celosas? ¿Y las personas chismosas? ¿Por qué creen ustedes que son así (*like that*)? ¿Y ustedes? ¿Son celosos(as) a veces? ¿Escuchan o repiten chismes?

## Desde el punto de vista literario

Comente usted...[1]
   ¿Ve usted ironía en este cuento? Dé ejemplos.

## Composición

Escriba uno o dos párrafos sobre el siguiente tema: "Las causas de los celos".

---

[1]Los conceptos literarios aparecen definidos en el apéndice, páginas 141–148.

# *Marco Denevi* *(Argentina: 1922–1998)*

*Marco Denevi está considerado uno de los mejores cuentistas hispanoamericanos. Algunos de sus cuentos son casi novelas, y otros —los microcuentos— son muy breves. Marco Denevi escribió también novelas, una de las cuales,* Rosaura a las diez, *ganó el Premio Kraft en 1955. En 1960, su novela* Ceremonia secreta *ganó el primer premio del concurso organizado por la revista* Life *en español.*

## Vocabulario clave

**bastar**   to be enough
**disponible**   available
**en cambio**   on the other hand
**ocurrir, suceder, pasar**   to happen

**el siglo**   century
**tropezar (e → ie)**   to trip over
**ya no**   no longer

## Actividades de preparación

A. Complete las siguientes oraciones con palabras del vocabulario.

   1. Yo no tengo mucho dinero _____. En _____, ella tiene mil dólares.
   2. Para sacar buenas notas no _____ con ser inteligente.
   3. ¡Caramba! ¡Ya estamos en el _____ XXI!
   4. No sé lo que va _____ mañana.
   5. Él tiene mucho dinero, y por eso _____ tiene que trabajar.
   6. Si no miras por dónde caminas, vas a _____.

B. Fíjese en el título del cuento. ¿Qué le sugiere? ¿Y qué le sugiere el hecho (*fact*) de que la historia ocurre en el siglo XXXII?

C. Al leer el cuento, encuentre las respuestas a las siguientes preguntas.

   1. ¿En qué siglo sitúa el autor la desaparición de la humanidad?
   2. ¿Qué cosas ya no necesitan hacer los hombres?
   3. ¿Quiénes hacen ahora lo que antes hacían los hombres?
   4. ¿Puede Ud. nombrar algunas de las cosas que van desapareciendo gradualmente?
   5. ¿Qué es lo único que queda?
   6. ¿Qué sucede en poco tiempo?
   7. ¿Qué pasa con los hombres y qué pasa con las máquinas?
   8. ¿Qué pasa al final del cuento?

# *Apocalipsis* (Adaptado)

La extinción de la raza de los hombres se sitúa aproximadamente a fines del siglo XXXII. La cosa ocurre así: las máquinas han alcanzado tal perfección que los hombres ya no necesitan ni comer, ni dormir, ni leer, ni hablar, ni escribir, ni hacer el amor, ni siquiera° pensar. Les basta apretar botones° y las máquinas lo hacen todo por ellos. Gradualmente van° desapareciendo las biblias, los Leonardo da Vinci, las mesas y los sillones, las rosas, los discos con las nueve sinfonías de Beethoven, las tiendas de antigüedades°, el vino de Burdeos°, las golondrinas°, los tapices flamencos°, todo Verdi°, las azaleas, el palacio de Versalles°. Sólo hay máquinas. Después los hombres empiezan a notar que ellos mismos van desapareciendo gradualmente, y que en cambio las máquinas se multiplican. Basta poco tiempo° para que el número de los hombres quede reducido° a la mitad y el de las máquinas aumente al doble. Las máquinas terminan por° ocupar todo el espacio disponible. Nadie puede moverse sin tropezar con una de ellas. Finalmente los hombres desaparecen. Como° el último se olvida de desconectar las máquinas, desde entonces° seguimos funcionando.

ni... not even / **apretar...** to push buttons / start to

**tiendas...** antique shops / Bordeaux / swallows / **tapices...** Flemish tapestries / Italian composer / castle near Paris
**Basta...** Within a short time / reduced
**terminan...** end up / Since
**desde...** ever since then

## Tema de conversación

En grupos de tres o cuatro, hablen sobre los avances tecnológicos de nuestros días. ¿Qué cosas de la nueva tecnología usan ustedes? ¿Tienen conocimientos de informática? ¿Navegan la red? ¿Mandan muchos mensajes electrónicos o todavía prefieren usar el teléfono? ¿Usan el fax? ¿Qué ventajas tenemos con la nueva tecnología? ¿Hay algunas desventajas?

## Desde el punto de vista literario

Comente usted...[1]

1. ¿Qué tipo de lenguaje usa el autor?
2. ¿Qué efecto tiene el uso de la exageración?
3. ¿Cree usted que el cuento tiene un final sorpresivo? ¿Hay ironía?

## Composición

Escriba uno o dos párrafos sobre este tema: "Efectos de la tecnología en el hombre de hoy".

---

[1]Los conceptos literarios aparecen definidos en el apéndice, páginas 141–148.

# *Gabriela Mistral* (Chile: 1889–1957)

*Gabriela Mistral, cuyo verdadero nombre era Lucila Godoy, nació en Vicuña, Chile. Dejó una amplia obra, tanto en prosa como en verso, en la que se reflejan su bondad, su ternura y su amor por la humanidad. En 1945 recibió el Premio Nobel de Literatura, siendo la primera entre los autores latinoamericanos en recibir este honor. Entre sus libros de poemas podemos citar* Desolación, *su mejor obra, publicada en 1922;* Ternura (1924), *donde muestra su inmenso amor por los niños;* Tala (1938) y Lagar (1954). *El tema principal de su poesía es el amor. Otros son la soledad, la muerte y Dios.*

## Actividades de preparación

A. En este poema, una madre mece a su niño y se siente parte de la naturaleza. ¿Qué frases usa la poetisa para darnos esta impresión? Tenga esto en cuenta al leer el poema.

B. Al leer el poema, encuentre las respuestas a las siguientes preguntas.

1. ¿A quién está dedicado este poema?
2. Mientras la poetisa mece a su niño, ¿qué mecen el mar y el viento?
3. ¿Qué mece Dios Padre?
4. ¿Qué siente la madre que mece a su niño?

# *Meciendo*

El mar sus millares° de olas°          thousands / waves
mece°, divino.                         rocks
Oyendo a los mares amantes°            loving
mezo a mi niño.

El viento errabundo° en la noche       wandering
mece los trigos°.                      wheat
Oyendo a los mares amantes
mezo a mi niño.

Dios° Padre sus miles de mundos        God
mece sin ruido°.                       **sin...** silently
Sintiendo su mano en la sombra°        shadow
mezo a mi niño.

(De *Ternura*, 1924)

## Tema de conversación

En grupos de tres, hablen de lo siguiente: ¿por qué sentimos ternura al mecer a un niño? ¿Qué sensación recordamos al pensar en el mar, y en las olas? ¿Experimentamos alguna vez una noche de tranquilidad y silencio, lejos de los ruidos de la ciudad? ¿Sentimos algunas veces una presencia que no podemos explicar? ¿En qué ocasiones nos sentimos parte de la naturaleza?

## Desde el punto de vista literario

Comente usted...[1]

¿Cuál es el estribillo de "Meciendo" y qué logra la poetisa al usarlo?

---

[1]Los conceptos literarios aparecen definidos en el apéndice literario, páginas 141–148.

# Gustavo Adolfo Bécquer  *(España: 1836–1870)*

*Bécquer representa la transición del romanticismo al simbolismo en España, principalmente en la poesía, pero también en la prosa. La crítica actual lo considera un precursor del modernismo. Las rimas y las leyendas son lo más reconocido en la obra de Bécquer. En sus rimas, que son poemas sencillos y breves, vemos una poesía sin artificios y de máxima condensación lírica. Hay tres temas importantes en su obra: el amor, la soledad y el misterio.*

## Actividades de preparación

A. Uno de los temas de la poesía romántica es la búsqueda de lo imposible. ¿En qué estrofa del poema aparece este tema?

B. Al leer el poema, encuentre las respuestas a las siguientes preguntas.

1. ¿Cómo es la primera mujer y qué simboliza?
2. ¿De qué está llena su alma?
3. ¿Es a ella a quien el poeta busca?
4. ¿Cómo es la segunda mujer y qué puede brindarle al poeta?
5. ¿Qué guarda ella?
6. ¿Es a ella a quien el poeta llama?
7. ¿Cómo es la tercera mujer?
8. ¿Puede amar al poeta?
9. ¿A quién llama el poeta?

# Rima XI

—Yo soy ardiente, yo soy morena,
yo soy el símbolo de la pasión;
de ansia de goces° mi alma está llena;    enjoyment
¿a mí me buscas? —No es a ti, no.

—Mi frente es pálida; mis trenzas° de oro;    braids
puedo brindarte dichas° sin fin;    happiness
yo de ternura° guardo un tesoro;    tenderness
¿a mí me llamas? —No, no es a ti.

—Yo soy un sueño°, un imposible,    dream
vano fantasma° de niebla y luz;    **vano...** illusory ghost
soy incorpórea, soy intangible;
no puedo amarte. —¡Oh, ven; ven tú!

## Tema de conversación

En grupos de tres, hablen sobre las características de las personas a quienes ustedes quieren. ¿Por qué sienten ustedes cariño por esas personas? ¿Hay personas que se sienten atraídas por "un imposible"? ¿Por qué creen ustedes que esto sucede a veces?

## Desde el punto de vista literario

Comente usted...[1]

1. ¿Cómo expresa Bécquer en esta rima que él busca "lo imposible"?
2. ¿Qué versos riman y cuál es el tipo de rima?

---

[1]Los conceptos literarios aparecen definidos en el apéndice, páginas 141–148.

# Capítulo 2

# Fábula

*Una fábula es una narración corta que se usa con fin didáctico. Los personajes pueden ser personas, animales u objetos inanimados y, generalmente, se encuentra en ella algún tipo de crítica social.*

## Vocabulario clave

**el cabello, pelo**   hair
**calvo(a)**   bald
**la cana**   gray hair
**de edad mediana**   middle-aged
**demasiado**   too

**joven**   young
**peinar**   to comb someone's hair
**querer (e → ie), amar**   to love
**viejo(a)**   old

## Actividades de preparación

A.  ¿Qué palabra o palabras corresponden a lo siguiente?

1. lo opuesto de viejo
2. amar
3. pelo gris o blanco
4. ni joven ni viejo
5. extremadamente
6. que no tiene pelo
7. usar un peine
8. pelo

B.  Fíjese en el título de esta fábula. ¿Qué problemas cree usted que puede tener un hombre que tiene dos esposas? Mencione tres o cuatro posibilidades.

C.  Al leer la fábula, encuentre las respuestas a las siguientes preguntas.

1. ¿Cuántas esposas tenía el hombre y cómo eran?
2. ¿Qué deseaba cada esposa?
3. ¿Qué le estaba pasando al pelo del hombre?
4. ¿Por qué no le gustaba esto a la esposa joven?
5. ¿Por qué le gustaba esto a la esposa vieja?
6. ¿Qué hacía la esposa joven todas las noches?
7. ¿Qué hacía la esposa vieja todas las mañanas?
8. ¿Cuál fue el resultado?

# El hombre que tenía dos esposas

Había una vez° un hombre de edad mediana que tenía una esposa vieja y una esposa joven. Las dos lo querían mucho y deseaban verlo con la apariencia de un compañero adecuado para ella.

Había... Once upon a time

El cabello del hombre se estaba poniendo gris°, cosa que no le gustaba a la esposa joven porque lo hacía ver demasiado viejo para ser su esposo. Así pues°, ella lo peinaba y le arrancaba° las canas todas las noches. En cambio la esposa vieja veía encanecer° a su esposo con gran placer, porque no quería parecer su madre. Así pues, todas las mañanas lo peinaba, arrancándole todos los pelos negros que podía. El resultado fue que el hombre pronto se encontró completamente calvo.

se... was turning gray
Así... Thus
le... pulled out
turn gray

MORALEJA: "Si te entregas a todos, pronto vas a estar sin nada que entregar."

## Tema de conversación

¿Cuál es la edad "ideal"? Una persona de más de treinta años, ¿quiere tener dieciocho años otra vez? ¿Qué ventajas y desventajas tienen los adolescentes? ¿Tiene alguna ventaja el ser una persona "madura"? ¿Qué cosas son "típicas" de la juventud y qué cosas son "típicas" de la vejez?

## Desde el punto de vista literario

Comente usted...

1. ¿Cuál es la ironía en esta fábula?
2. ¿Qué significa para usted la moraleja de la fábula?

## Composición

Escriba uno o dos párrafos sobre el siguiente tema: Las cosas que hace la gente para parecer más joven.

# *Marco Denevi*[1] *(Argentina: 1922–1998)*

## Vocabulario clave

**el árbol**  tree
**la guerra**  war
**las hierbas**  herbs
**el (la) joven**  young man, young woman
**llorar**  to cry
**el miedo**  fear
**mientras tanto**  in the meantime
**la nube**  cloud
**el país**  country

**el pájaro**  bird
**el recuerdo**  memory
**el ruido**  noise
**sobrevivir**  to survive
**la soledad**  loneliness
**sonreír**  to smile
**el sueño**  dream
**la tierra**  earth

## Actividades de preparación

A. Encuentre en la columna B las respuestas a las preguntas de la columna A.

A
1. ¿El niño estaba llorando?
2. ¿Qué veía en el cielo? ¿Nubes?
3. ¿Todavía piensas en tu primer novio?
4. ¿Había muchas hierbas en tu jardín?
5. ¿Cuál es el satélite de la Tierra?
6. ¿Paraguay tuvo una guerra?
7. ¿Eso pasó realmente?
8. ¿El joven murió en el accidente?
9. ¿Ella estaba durmiendo?
10. ¿A qué le tienes miedo?

B
a. Sí, contra tres países.
b. La luna.
c. Sí, y mientras tanto, los niños estaban haciendo ruido.
d. A la soledad.
e. No, fue un sueño.
f. No, sobrevivió.
g. Sí, y también un árbol muy grande.
h. No, es sólo un recuerdo.
i. Sí, pero ahora está sonriendo.
j. Sí, y pájaros.

B. Fíjese en el título del cuento. Teniendo en cuenta que Génesis es el libro de la Biblia en el que se relata la historia de la Creación, ¿qué elementos espera usted encontrar en este cuento?

C. Al leer el cuento, encuentre las respuestas a las siguientes preguntas.
1. ¿Cuál fue el resultado de la última guerra atómica?
2. ¿Qué apariencia tenía toda la tierra?
3. ¿Quién era el padre del niño que sobrevivió?
4. ¿Qué hacía el niño para sobrevivir?
5. ¿Cómo se sentía el niño y qué hacía?
6. ¿Qué pasó después?
7. ¿Qué recuerdos le volvían a la memoria?
8. ¿Qué cambios hubo en la tierra después de un tiempo?
9. ¿Qué animales vio el muchacho?

---

[1]Ver biografía en la página 6.

10. ¿Él fue el único que sobrevivió la guerra atómica?
11. ¿Cómo sabemos que la vida en este mundo va a continuar?
12. ¿Hay semejanzas entre el cuento y el libro del Génesis, en cuanto a la secuencia de la Creación?

# Génesis *(Adaptado)*

Con la última guerra atómica, la humanidad y la civilización desaparecieron. Toda la tierra era como un desierto calcinado°. En cierta región de oriente sobrevivió un niño, hijo del piloto de una nave espacial°. El niño comía hierbas y dormía en una caverna. Durante mucho tiempo, aturdido° por el horror del desastre, sólo sabe llorar y llamar a su padre. Después, sus recuerdos se oscurecen°, se vuelven arbitrarios y cambiantes° como un sueño, su horror se transforma en un vago miedo. A veces recordaba la figura de su padre, que le sonreía o lo amonestaba° o ascendía a su nave espacial, envuelto en fuego y en ruido, y se perdía entre las nubes. Entonces, loco de soledad, caía de rodillas° y le rogaba que volviera. Mientras tanto, la tierra se cubrió nuevamente de vegetación; las plantas se llenaron de flores; los árboles, de frutos. El niño, convertido en un muchacho, comenzó a explorar el país. Un día vio un pájaro. Otro día vio un lobo°. Otra día, inesperadamente°, encontró a una joven de su edad que, lo mismo que él, había sobrevivido los horrores de la guerra atómica.

— ¿Cómo te llamas? —le preguntó.
—Eva, —contestó la joven—. ¿Y tú?
—Adán.

*burnt*
**nave...** *spaceship*
*stunned*
**se...** *grow dim*
*changing*
*scolded*

**caía...** *fell on his knees*

*wolf / unexpectedly*

## Tema de conversación

¿Qué recuerdos tienen ustedes de su niñez? ¿Qué cosas les daban miedo? ¿Qué cosas les traían felicidad? ¿Lloraban a veces? ¿Por qué? ¿Quiénes eran sus mejores amigos? ¿Les gustaba explorar lugares nuevos?

## Desde el punto de vista literario

Comente usted...

1. ¿En qué libro se inspira Marco Denevi para su cuento y cuál es el tema central?
2. ¿Cómo es el ambiente del cuento al principio y cómo cambia?
3. ¿Qué importancia tienen los nombres de los personajes del cuento?

## Composición

Use su imaginación y continúe la conversación entre los dos jóvenes. Escriba unos ocho renglones (*lines*).

# Enrique Anderson-Imbert  *(Argentina: 1910–1999)*

*Enrique Anderson-Imbert fue un distinguido profesor, narrador y crítico. Pertenecía a un grupo bastante numeroso de ensayistas y cuentistas hispanoamericanos que viven y enseñan en los Estados Unidos. La siguiente selección es uno de sus famosos minicuentos.*

## Vocabulario clave

**arrancar**  to start (*a car or motor*)
**el (la) automovilista**  motorist
**el camino**  road
**hacer daño**  to hurt
**matar**  to kill
**la muerte**  death

**pálido(a)**  pale
**la piedra**  rock, stone
**presentar**  to introduce
**el pueblo**  town
**la risa**  laughter
**sonreír**  to smile

## Actividades de preparación

A. Encuentre en la columna B las respuestas a las preguntas de la columna A.

| A | B |
|---|---|
| 1. ¿Qué dijo el automovilista? | a. Sí, y la muerte fue instantánea. |
| 2. ¿Adónde iba el camino? | b. Sí, con esa piedra. |
| 3. ¿Te hiciste daño? | c. Al pueblo. |
| 4. ¿Se sentía mal? | d. Sí, y estaba muy pálido. |
| 5. ¿Lo mataron? | e. Que su coche no arrancaba. |
| 6. ¿Sonreía? | f. Sí, me la presentaron anoche. |
| 7. ¿La conoces? | g. Sí, y trataba de contener la risa. |

B. Lea el título y el primer párrafo del cuento. Considere las situaciones a que se prestan las circunstancias y trate de predecir lo que va a ocurrir.

C. Al leer el cuento, encuentre las respuestas a las siguientes preguntas.

1. ¿Cómo era la automovilista?
2. ¿A quién encontró la automovilista en el camino?
3. ¿Hasta dónde quería ir la muchacha?
4. ¿Qué le preguntó la muchacha a la automovilista?
5. ¿Qué le contestó la automovilista varias veces?
6. ¿Quién dijo la muchacha que era ella?
7. ¿Qué sucedió al final?
8. ¿Quién era la automovilista?

# La muerte *(El grimorio)*

La automovilista (negro el vestido, negro el pelo, negros los ojos, la cara pálida) vio en el camino a una muchacha que estaba haciendo señas para que parara°. Paró.

*estaba...* was motioning her to stop

—¿Me llevas? Hasta el pueblo, no más. —dijo la muchacha.

—Sube —dijo la automovilista. Y el auto arrancó a toda velocidad por el camino que bordeaba la montaña.

—Muchas gracias —dijo la muchacha con un gracioso mohín° —pero, ¿no tienes miedo de levantar por el camino° a personas desconocidas? Pueden hacerte daño. ¡Esto está tan desierto!

gesture
*levantar...* give a ride

—No, no tengo miedo.

—¿Y si levantas a alguien que te atraca°?

*te...* holds you up

—No tengo miedo.

—¿Y si te matan?

—No tengo miedo.

—¿No? Permíteme presentarme. —dijo entonces la muchacha, que tenía los ojos grandes, límpidos, imaginativos. Y, en seguida, conteniendo la risa, fingió° una voz cavernosa. —Soy la Muerte, la M-u-e-r-t-e.

feigned

La automovilista sonrió misteriosamente.

En la próxima curva el auto se desbarrancó°. La muchacha quedó muerta entre las piedras. La automovilista siguió y al llegar a un cactus desapareció.

*se...* went over a cliff

## Tema de conversación

¿Hay todavía muchas personas que hacen el autostop (*hitchhiking*)? ¿Hay muchos automovilistas que recogen a personas en el camino? ¿Por qué o por qué no? ¿Ustedes creen que es una buena idea ponerse en la situación de la muchacha o es mejor tomar un autobús? ¿Qué cosas pueden suceder?

## Desde el punto de vista literario

Comente usted...

1. ¿Cómo describe el autor el lugar donde se desarrolla el cuento?
2. ¿Tiene el cuento un final inesperado? ¿Por qué?

## Composición

Escriba uno o dos párrafos sobre el tema del autostop. ¿Es una buena idea o no? ¿Por qué?

# Nellie Campobello *(México: 1909–1986)*

*La originalidad de esta escritora de la Revolución Mexicana consiste en presentar una visión infantil de las dramáticas y crueles luchas entre las tropas de Villa y Carranza, que ella contempló en su niñez.*

*La Revolución Mexicana fue causada por las injusticias y abusos de los que tenían el poder contra las grandes masas del país. Comenzó el 20 de noviembre de 1910 cuando Madero se levantó contra el dictador Porfirio Díaz.*

*Las novelas de Nellie Campobello están formadas por pequeños cuadros o retratos que en conjunto constituyen un gran mural de la Revolución Mexicana. Cada narración es como un fresco alegórico narrado como lo haría un niño, con pocos adjetivos y enfatizando los verbos y sustantivos.*

*Entre sus novelas principales se encuentran* Cartucho, Las manos de mamá *y* Apuntes sobre la vida de Francisco Villa.

## Vocabulario clave

**bello(a)**   beautiful
**colgar (o → ue)**   to hang
**el consejo**   advice
**enamorado(a) de**   in love with
**enterrar (e → ie)**   to bury
**inolvidable**   unforgettable

**junto a**   next to
**llorar**   to cry
**platicar, conversar**   to talk
**quieto(a)**   still
**el tiro, balazo**   shot

## Actividades de preparación

A. Complete las siguientes oraciones con palabras del vocabulario.

1. Ella está _____ de mi hermano; lo quiere mucho.
2. Su esposa lo mató de un _____. Lo van a _____ mañana.
3. La guía de teléfono está _____ al teléfono.
4. Es una mujer muy _____ y muy inteligente.
5. Siempre está corriendo; nunca se queda _____.
6. Ella no quiere _____. No le hace caso a nadie.
7. A ella le gusta _____ con sus amigas por teléfono.
8. Voy a _____ los pantalones en el ropero.
9. Nunca voy a poder olvidarla. Es una mujer _____.
10. Mireya está muy triste. En este momento está _____ en su cuarto.

B. Antes de leer la narración detalladamente, haga una lectura rápida para establecer lo siguiente.

1. ¿Quiénes son los personajes?
2. ¿Qué relación existe entre ellos?
3. ¿Dónde tiene lugar la acción?

C. Al leer el cuento, encuentre las respuestas a las siguientes preguntas.

1. ¿Dónde estaba Nacha Ceniceros y qué estaba haciendo?
2. ¿De quién estaba enamorada Nacha?
3. ¿Cómo era Nacha Ceniceros?
4. ¿Qué pasó cuando Nacha estaba limpiando su pistola?
5. ¿Dónde estaba Gallardo y qué le pasó?
6. ¿Qué ordenó el general Villa?
7. Describa el fusilamiento de Nacha Ceniceros.
8. ¿Qué hay hoy donde enterraron a Nacha?

# Nacha Ceniceros *(Adaptado)*

Junto a Chihuahua, un gran campamento villista°. Todo estaba quieto y Nacha lloraba. Estaba enamorada de un muchacho coronel, de apellido Gallardo, de Durango. Ella era coronela y usaba pistola y tenía trenzas°. Había estado llorando al recibir consejos de una soldadera[1] vieja. Ahora estaba en su tienda, limpiando su pistola. Estaba muy entretenida cuando se le salió un tiro.

En otra tienda estaba sentado Gallardo junto a una mesa y platicaba con una mujer; el balazo que se le salió a Nacha en su tienda lo recibió Gallardo en la cabeza y cayó muerto°.

—Mataron a Gallardo, mi general.

Villa dijo, despavorido°:

—Fusílenlo°.

—Fue una mujer, general.

—Fusílenla.

—Nacha Ceniceros.

—Fusílenla.

Lloró al amado° con los brazos sobre la cara y las trenzas negras colgadas y recibió la descarga°.

Hacía una bella figura, inolvidable para todos los que vieron el fusilamiento. Hoy existe un hormiguero° en donde dicen que está enterrada.

(De la novela *Cartucho*)

de (Pancho) Villa

braids

cayó... dropped dead

horrified
Execute him

beloved
volley

ant hill

## Tema de conversación

En pequeños grupos, hablen de lo siguiente.

¿Qué puede pasar cuando tenemos un arma en la casa? ¿Podemos usarla para defendernos? ¿Qué necesitamos hacer antes de usarla? ¿Debe estar cargada (*loaded*)? ¿Puede resultar peligroso tenerla? ¿Dónde debemos guardarla?

[1]Mujer que acompañaba a las tropas de campamento a campamento.

# Desde el punto de vista literario

Comente usted...

1. El estilo de Nellie Campobello es infantil. Dé usted ejemplos de ese estilo.
2. ¿Qué imágenes usa la autora para describir la muerte de Nacha Ceniceros?

# Composición

Escriba uno o dos párrafos sobre el siguiente tema: Ventajas y desventajas de tener un arma en la casa.

# Amado Nervo    *(México: 1870–1919)*

*Amado Nervo fue uno de los poetas más conocidos de su tiempo, no sólo en su país, sino en todo el mundo hispano. Dejó una enorme obra poética, en la que predominan los temas de la religión, la filosofía y el amor. Entre estos temas es el amor el que aparece más frecuentemente. Su poesía presenta un amor puro y casto porque su pasión es más espiritual que carnal. Entre sus mejores libros de poemas están* Serenidad *(1912),* El arquero divino *(1919) y* La amada inmóvil *(1920). Escribió también cuentos, novelas y crítica literaria.*

## Actividades de preparación

A. Mucha gente dice que "la vida no es justa". ¿Está usted de acuerdo? ¿Qué cree usted que tenemos derecho a esperar de la vida?

B. Al leer el poema, encuentre las respuestas a las siguientes preguntas.

   1. ¿Es un joven el que escribe este poema?
   2. ¿Por qué bendice el poeta la vida?
   3. ¿Qué ve el poeta al final de su camino?
   4. ¿Por qué dice el poeta "a mis lozanías va a seguir el invierno"?
   5. ¿Por qué dice el poeta "Vida, estamos en paz"?

# En paz

Muy cerca de mi ocaso°, yo te bendigo°, Vida      setting sun / bless
porque nunca me diste ni esperanza fallida°      **esperanza...** unfulfilled
ni trabajos injustos, ni pena inmerecida°;      hope / **pena...** undeserved sorrow / **rudo...**
    porque veo al final de mi rudo camino°      rough way
que yo fui el arquitecto de mi propio destino;
que si extraje las mieles° o la hiel° de las cosas,      honey / gall
fue porque en ellas puse hiel o mieles sabrosas;
cuando planté rosales, coseché° siempre rosas.      harvested
    ...Cierto, a mis lozanías° va a seguir el invierno:      youth
¡mas° tú no me dijiste que mayo fuese eterno!      but
hallé° sin duda largas las noches de mis penas°;      I found / sorrow
mas no me prometiste tú sólo noches buenas;
y en cambio tuve algunas santamente serenas...
    Amé, fui amado, el sol acarició mi faz°.      face
    ¡Vida, nada me debes! ¡Vida, estamos en paz°!      **en...** even

(*De* Elevación)

## Tema de conversación

En pequeños grupos, hablen de lo siguiente.

¿Qué situaciones difíciles han pasado ustedes en sus vidas? ¿Qué recuerdos gratos tienen? Cuando las personas hacen cosas buenas, ¿cuál es el resultado? ¿Y qué pasa cuando tratan mal a sus semejantes ( *fellow beings*)?

## Desde el punto de vista literario

Comente usted...

"Cuando planté rosales, coseché siempre rosas." Explique esta idea.

# Gustavo Adolfo Bécquer[1] *(España: 1836–1870)*

## Actividades de preparación

A. De los temas característicos de la poesía de Bécquer, ¿cuáles encuentra usted en esta rima?

B. Al leer el poema, encuentre las respuestas a las siguientes preguntas.

1. ¿Qué asomaba a los ojos de la amada del poeta? ¿Qué asomaba a los labios de él?
2. ¿Qué pasó cuando habló el orgullo?
3. ¿Se separaron los amantes?
4. ¿Qué dicen los dos cuando piensan en el amor que sentían?
5. ¿Cómo se siente ahora el poeta y por qué?
6. ¿Cuál cree usted que es el mensaje que nos da el poeta?

## Rima XXX

Asomaba a° sus ojos una lágrima°
y a mi labio una frase de perdón°;
habló el orgullo° y se enjugó° su llanto,
y la frase en mis labios expiró.

Yo voy por un camino: ella, por otro;
pero al pensar en nuestro mutuo amor,
yo digo aún ¿por qué callé° aquel día?
Y ella dirá ¿por qué no lloré° yo?

(*De* Rimas y leyendas)

**Asomaba...** was coming out from / tear / forgiveness

pride / **se...** dried

didn't speak
**no...** didn't cry

## Tema de conversación

En grupos, hablen de lo siguiente: ¿Les es difícil perdonar una ofensa? ¿Creen ustedes en la venganza (*revenge*)? Cuando alguien odia (*hates*), ¿quién sufre realmente? ¿Es mejor perdonar que seguir recordando lo que pasó? ¿Perdieron ustedes a alguien por no perdonar?

## Desde el punto de vista literario

Comente usted...

¿Cómo expresa el poeta la idea de que él y su amada están separados? ¿En qué verso aparece esta idea?

---

[1]Ver biografía en la página 10.

# Capítulo 3

# Jorge Luis Borges    *(Argentina: 1899–1986)*

*Jorge Luis Borges, nacido en Argentina, es uno de los autores más destacados de la literatura hispana contemporánea.*

*Durante la década de los años veinte, Borges publica tres libros de poemas y tres libros de ensayos. Entre 1939 y 1953, produce sus cuentos más famosos y los publica en sus libros* Ficciones *(1944) y* El Aleph *(1949). En 1961 recibe el Premio Formentor y, después de esto, su obra se traduce a varios idiomas.*

*Un tema que aparece en muchos de sus cuentos es la relación entre la realidad y la fantasía, entre la vida y la ficción. En el cuento que presentamos a continuación, que aparece en su libro* Elogio de la sombra *(1969), Borges presenta como personajes a Caín y a Abel, que se encuentran en el desierto después de la muerte de este último a manos de su hermano.*

## Vocabulario clave

**advertir (e → ie)**   to notice
**Así es.**   So it is.
**el cielo**   sky
**desde lejos**   from the distance
**despacio**   slowly
**la estrella**   star
**la frente**   forehead

**el fuego**   fire
**guardar silencio**   to remain silent
**la llama**   flame
**matar**   to kill
**la muerte**   death
**perdonar**   to forgive
**la piedra**   stone, rock

## Actividades de preparación

A. Encuentre en la columna B las respuestas a las preguntas o afirmaciones de la columna A.

A
1. ¿Qué ves en el cielo?
2. ¿Qué dicen?
3. ¿Hacen fuego?
4. ¿Dónde tiene la marca de la piedra?
5. ¿Qué sabes sobre la muerte de tu tío?
6. Olvidar es perdonar...
7. Camina muy despacio.
8. ¿Tú crees que él va a advertir que la clase es larga?

B
a. Sí, y las llamas se ven desde lejos.
b. En la frente.
c. Así es.
d. Nada. Guardan silencio.
e. Es porque le duelen los pies.
f. Muchas estrellas.
g. ¡Sí, porque dura cuatro horas!
h. Que lo mataron anoche.

B. Este relato está inspirado en el libro bíblico del Génesis, específicamente en los hijos de Adán y Eva, Abel y Caín. ¿Recuerda Ud. cómo muere Abel y por qué?

C. Al leer el cuento, encuentre las respuestas a las siguientes preguntas.

1. ¿Dónde y cuándo se encontraron Abel y Caín?
2. ¿Por qué se reconocieron desde lejos?

3. ¿Dónde se sentaron los hermanos y qué hicieron?
4. ¿Hablaban?
5. ¿Qué advirtió Caín a la luz de las llamas?
6. ¿Quién le pidió perdón a quién?
7. ¿Cómo supo Caín que Abel lo había perdonado?
8. Según Abel, ¿qué pasa mientras dura el remordimiento?
9. ¿Hizo bien Abel en perdonar a su hermano?
10. Caín dijo que "olvidar es perdonar". ¿Está Ud. de acuerdo con esa idea?

# Leyenda

Abel y Caín se encontraron después de la muerte de Abel. Caminaban por el desierto y se reconocieron desde lejos, porque los dos eran muy altos. Los hermanos se sentaron en la tierra, hicieron un fuego y comieron. Guardaban silencio, a la manera de la gente cansada cuando declina° el día. En el cielo asomaba° alguna estrella que aún no había recibido su nombre. A la luz de las llamas Caín advirtió la marca de la piedra y dejó caer el pan que estaba por° llevarse a la boca y pidió que le fuera perdonado su crimen.

draws to a close / appeared

**estaba...** was about to

Abel contestó:
—¿Tú me has matado o yo te he matado? Ya no recuerdo, aquí estamos juntos como antes.
—Ahora sé que en verdad me has perdonado —dijo Caín—, porque olvidar es perdonar. Yo trataré también de olvidar.
Abel dijo, despacio:
—Así es. Mientras dura° el remordimiento° dura la culpa°.

lasts / remorse / guilt

## Tema de conversación

En grupos de tres o cuatro, hablen de la relación, buena o mala, que puede existir entre hermanos. ¿Cuáles son algunas de las causas por las cuales algunos hermanos no se llevan bien? La rivalidad entre hermanos, ¿desaparece generalmente con los años?

## Desde el punto de vista literario

Comente Ud....

1. ¿Cuál es el tema de este cuento?
2. ¿Qué sabe Ud. del ambiente en el que se desarrolla el cuento?
3. ¿Qué lenguaje usa el autor?
4. ¿Desde qué punto de vista está narrado el cuento?

## Composición

Escriba una composición de unas 150 palabras sobre la importancia del perdón. Dé ejemplos.

# *Marco Denevi*[1] *(Argentina: 1922–1998)*

## Vocabulario clave

**amar**   to love
**cada**   each
**la cena**   supper
**el muro**   outside wall

**probar (o → ue)**   to prove
**sonriente**   smiling
**el único**   the only one
**traicionar**   to betray

## Actividades de preparación

A. Complete las siguientes oraciones con palabras del vocabulario.

1. Cuando lo vio, lo miró _____ y le dio un beso.
2. No quiere casarse con él porque no lo _____.
3. _____ día venía a vernos y nos traía regalos.
4. Yo creo que ellos robaron el dinero, pero no lo puedo _____.
5. Era la hora de la _____ y todos nos sentamos a la mesa.
6. Había un _____ alrededor de (*around*) la casa.
7. Carlos era el _____ que estaba en la oficina. No había nadie más.
8. Judas _____ a Jesús.

B. Este cuento trata sobre la Última Cena y la traición de uno de los discípulos de Jesús. ¿Qué cree Ud. que va a suceder?

C. Al leer el cuento, encuentre las respuestas a las siguientes preguntas.

1. ¿Qué se celebraba?
2. ¿Qué le dijo uno de los discípulos a Jesús?
3. ¿Qué dijo el Maestro que haría uno de ellos?
4. Según los discípulos, ¿cuántos habían hablado mal del maestro?
5. ¿Qué le dijeron los discípulos que harían para probarle que había uno solo?
6. ¿Qué pasó cuando los discípulos gritaron el nombre del traidor? ¿Por qué?

# El maestro traicionado

Se celebraba la última cena.

—Todos te aman, ¡oh Maestro! —dijo uno de los discípulos.

---

[1]Ver biografía en la página 6.

—Todos no° —respondió gravemente el Maestro—. Sé de alguien que me tiene envidia y, en la primera oportunidad que se le presente, me venderá por treinta denarios[1].

—Ya sabemos a quién te refieres —exclamaron los discípulos—. También a nosotros nos habló mal de ti. Pero es el único. Y para probártelo, diremos a coro° su nombre.

Los discípulos se miraron, sonrientes, contaron hasta tres y gritaron el nombre del traidor.

El estrépito° hizo vacilar° los muros de la ciudad. Porque los discípulos eran muchos y cada uno había gritado un nombre diferente.

# Tema de conversación

En grupos de tres, hablen de alguna ocasión en que alguien los traicionó o los engañó (*deceived*). ¿Qué pasó? ¿Cómo reaccionaron Uds.? ¿Perdonaron Uds. a las personas que los traicionaron? ¿Todavía tienen algún tipo de relación con esas personas?

# Desde el punto de vista literario

Comente Ud....

1. ¿Desde qué punto de vista está contada la historia?
2. ¿Qué tipo de lenguaje usa el autor?

# Composición

¿Por qué cree Ud. que mucha gente siente envidia? Generalmente, ¿qué envidian las personas en otros?

---

[1]Ancient Roman currency or pieces of silver

# Enrique Anderson-Imbert[1]  *(Argentina: 1910–1999)*

## Vocabulario clave

**acercarse**   to go near
**apoyarse**   to lean, to support oneself
**darse vuelta**   to turn around
**discutir**   to argue

**la esquina**   corner
**el hueso**   bone
**pasearse**   to go for a walk
**socorrer**   to help, to aid

### Actividades de preparación

A. Complete las siguientes oraciones con palabras del vocabulario.

1. Ella está parada en la _____ de las calles Juárez y Primera.
2. Cuando la llamé, se dio _____ y me miró.
3. Él se _____ a las personas que estaban conversando en la casa.
4. Los paramédicos trataron de _____ al hombre.
5. Nunca están de acuerdo en nada. Siempre _____.
6. Enrique no se cayó porque pudo _____ en la mesa.
7. Ellos se _____ por el parque todas las tardes.
8. El perro estaba jugando con un _____.

B. En las primeras palabras del cuento el autor nos dice que "la muerte se paseaba por la ciudad". ¿Qué cree Ud. que les va a suceder a las personas con las que la muerte se encuentre?

C. Al leer el cuento, encuentre las respuestas a las siguientes preguntas.

1. ¿Qué hacía la muerte por la ciudad?
2. ¿Qué oyó a sus espaldas?
3. ¿Qué hacían los hombres que estaban en la esquina?
4. ¿Qué hicieron los hombres cuando la muerte se acercó a ellos?
5. ¿Qué pasó cuando el hombre sufrió un ataque al corazón?
6. ¿Por qué se dio cuenta el hombre de que no lo estaban socorriendo?

## La muerte

La muerte, sin tener nada que hacer°, se paseaba por la ciudad cuando oyó a sus espaldas° voces airadas°. Se dio vuelta y vio que, en la esquina, dos hombres discutían violentamente.

La muerte, por° simple curiosidad, se acercó a la esquina. Los hombres sacaron los cuchillos.

sin... without having anything to do / a... behind her / angry

out of

_____
[1]Ver biografía en la página 17.

Caminando de noche por un callejón° solitario el hombre sufrió un ataque al corazón°. Ya° se caía cuando de la sombra° salió alguien que lo sostuvo°. Fue a decir "gracias" pero al apoyarse y palpar° puros huesos comprendió que no lo estaban socorriendo sino° llevándoselo.

alley

heart attack / Already / shadows / held him up / feel / but

## Tema de conversación

En grupos de tres o cuatro, hablen de las cosas que pueden ocurrir cuando las personas caminan solas por lugares oscuros y solitarios. ¿Qué se puede hacer para evitar esos peligros?

## Desde el punto de vista literario

Comente usted...

1. ¿Qué palabras usa el autor para describir el ambiente en que se desarrolla el cuento?
2. ¿Cómo es el desenlace del cuento?

## Composición

Siguiendo el estilo del autor, escriba un párrafo en el que narre otro suceso que tiene lugar mientras la muerte sigue paseándose por la ciudad.

# *Fernán Caballero* (España: 1796–1877)

*A Fernán Caballero, cuyo verdadero nombre era Cecilia Böhl de Fáber, corresponde la gloria de haber iniciado el realismo en España y de haber señalado el camino para el renacimiento de la novela en su país. Su idea de lo que debe ser una novela queda expresada al decir: "La novela no se inventa; se observa". Su obra es el resultado de la fusión de dos elementos románticos: lo sentimental y el costumbrismo. Lo único nuevo en ella es la técnica realista. Su primera novela, y quizás la mejor de todas, fue La gaviota.*

*Los cuentos de Fernán Caballero tienen una temática muy variada, que va desde la exquisita espiritualidad poética hasta lo vulgar. Siente especial predilección por el relato de tipo moral, y su estilo es sencillo y natural. Sus cuentos fueron publicados en la colección que lleva el título de Cuadros de costumbres andaluzas.*

# Vocabulario clave

**añadir, agregar**   to add
**cuidar**   to take care of
**desperdiciar**   to waste
**Dios**   God
**disfrutar, gozar (de)**   to enjoy
**en lugar de, en vez de**   instead of
**el fuego**   fire
**la libra**   pound
**el marido, esposo**   husband
**el matrimonio**   married couple
**la mujer, esposa**   wife
**pobre**   poor
**tantos(as)**   so many
**tonto(a), necio(a)**   dumb, stupid
**el (la) vecino(a)**   neighbor

## Actividades de preparación

A.  ¿Qué palabra o palabras corresponden a lo siguiente?

1. añadir
2. Ser Supremo
3. esposo
4. en vez de
5. persona que no tiene dinero
6. esposa
7. necio
8. diez y seis onzas
9. persona que vive cerca de nuestra casa

10. hombre y mujer casados
11. muchos, muchos
12. gozar de

B. Los personajes de este cuento son un matrimonio anciano y un hada (*fairy*). Teniendo esto en cuenta, ¿qué le sugiere el título? ¿Sabe Ud. de alguien que ha ganado la lotería o heredado mucho dinero inesperadamente? ¿Qué le pasó después? ¿Mejoró o empeoró su vida?

C. Al leer el cuento, encuentre las respuestas a las siguientes preguntas.

1. ¿Qué hacía el matrimonio mientras estaba sentado junto al fuego?
2. ¿Qué le envidiaba el marido al tío Polainas?
3. ¿Qué le envidiaba la mujer a su vecina?
4. ¿Quién bajó por la chimenea y cómo era?
5. ¿Qué le concede el hada al matrimonio?
6. ¿Por qué no decidió el matrimonio inmediatamente lo que deseaba pedirle al hada?
7. ¿Qué vio el marido en la casa de los vecinos?
8. ¿Cómo desperdició la mujer el primer deseo?
9. ¿Por qué perdieron el segundo deseo?
10. ¿Qué querían hacer el perro y el gato?
11. ¿Cómo se sentía la mujer?
12. ¿Cuál fue el tercer deseo del matrimonio?

# Los deseos *(Adaptado)*

Había un matrimonio anciano° que, aunque pobre, había tenido una buena vida, trabajando y cuidando de su pequeña hacienda°. Una noche de invierno marido y mujer estaban sentados junto al fuego, y en lugar de° darle gracias a Dios por el bien y la paz de que disfrutaban, estaban ennumerando los bienes° que tenían otros y que ellos deseaban poseer también.

—Yo quiero un rancho como el del tío Polainas —decía el viejo.

—Y yo —añadía su mujer— quiero una casa como la de nuestra vecina, que es más nueva que la nuestra.

—Yo —continuaba el viejo— en lugar de la burra°, quiero un mulo como el del tío Polainas.

—Yo —añadió la mujer— quiero matar un puerco° de doscientas libras, como la vecina. Esa gente, para tener las cosas, sólo necesita desearlas. ¿Cuándo voy a ver yo cumplidos° mis deseos°?

Apenas° dijo estas palabras, vieron que bajaba por la chimenea una mujer hermosísima; era pequeña y traía, como una reina°, una corona° de oro en la cabeza y tenía un cetro° de oro en la mano.

—Soy el hada° Fortunata —les dijo—; pasaba por aquí y oí sus quejas°. Vengo a concederles° tres deseos: uno a ti —le dijo a la mujer—; otro a ti —le dijo al

° elderly
° property
en... instead of
° assets

° donkey

° pig

fulfilled / wishes
Barely
queen / crown
wand
fairy / complaints
grant you

marido—, y el tercero para los dos; este último lo voy a otorgar mañana a esta misma hora. Hasta entonces, tienen tiempo de pensar qué es lo que quieren.

Después de decir esto, desapareció.

La alegría del buen matrimonio fue muy grande y pensaron en tantos deseos que, no pudiendo decidir, dejaron la elección° definitiva para la mañana siguiente, y toda la noche para consultarla con la almohada°, y se pusieron a conversar de otras cosas.

choice<br>**consultarla...** sleep on it

Empezaron a hablar otra vez de sus afortunados vecinos.

—Hoy estuve allí —dijo el marido—. Estaban haciendo las morcillas°. ¡Eran magníficas!

blood sausages

—¡Mmm! Quiero comer una de esas morcillas —dijo la mujer—. Inmediatamente apareció sobre las brasas° la morcilla más hermosa del mundo.

coals

La mujer se quedó mirándola con la boca abierta. El marido se levantó, desesperado.

—Por ti, que eres tan comilona°, desperdiciamos uno de los deseos. ¡Qué mujer tan tonta! ¿Por qué no se te pega° una morcilla en la nariz?

gluttonous<br>sticks

Al terminar de decirlo, ya estaba la morcilla colgando° de la nariz de la mujer.

hanging

—¿Qué hiciste? —exclamaba la mujer, tratando de arrancarse° la morcilla—. ¡Yo no quiero esta morcilla en mi nariz!

get rid of

—Mujer, ¿y el rancho?

—Nada.

—¿Y la casa?

—Nada.

—Te puedo hacer una funda° de oro para la morcilla...

case

—¿Estás loco?

—Pues qué, ¿nos vamos a quedar como estábamos?

—Ése es todo mi deseo.

El marido siguió rogando, pero no convenció a su mujer, que estaba más y más desesperada por su doble nariz y tratando de apartar° al perro y al gato, que querían comerse la morcilla.

push away

Cuando, a la noche siguiente, apareció el hada y le dijeron cuál era su último deseo, ella les respondió:

—Ya ven qué ciegos° y necios° son los hombres, creyendo que la satisfacción de sus deseos trae felicidad. La dicha° no está en el cumplimiento de los deseos; la dicha está en no tenerlos; porque rico es el que posee, pero feliz el que nada desea.

blind / foolish<br>happiness

## Tema de conversación

En grupos de tres o cuatro, hablen de las personas que Uds. conocen que no están satisfechas con lo que tienen y que siempre desean lo que tienen los demás. ¿Hay algún talento que Uds. no poseen y desean tener? ¿Hay cosas materiales que Uds. consideran muy importantes? ¿Cuáles son?

# Desde el punto de vista literario

Comente Ud....

1. ¿Cómo presenta la autora el tema de la envidia en el cuento?
2. ¿Cree Ud. que el final del cuento es irónico? ¿Por qué?

# Composición

Escriba un diálogo entre Ud. y su hada madrina (*fairy godmother*) en el que Ud. le pide tres deseos y le explica por qué los quiere.

# Blas R. Jiménez  *(República Dominicana: 1949–    )*

*Este autor dominicano está considerado "un poeta de negritud" porque el tema principal de sus poemas es la desigualdad y la discriminación que sufren las personas de la raza negra en la República Dominicana y en otras partes del mundo. Blas Jiménez ha publicado tres libros: Aquí... otro español (1980), Caribe africano en despertar (1984) y Exigencias de un cimarrón (en sueños), que es el más reciente.*

## Actividades de preparación

A. Teniendo en cuenta lo que sabemos del autor y fijándose en el título del poema, ¿qué mensaje espera Ud. encontrar en él?

B. Al leer el poema, encuentre las respuestas a las siguientes preguntas.

1. Según el poema, ¿qué fue lo que creó al tío Tom?
2. ¿Qué dijo el mismo negro sobre Tarzán?
3. En el poema, ¿cómo dicen que era Jesús?
4. ¿En qué tornó su cara el negro conservador?
5. ¿Quién era el negro del espejo?

# Diálogo negro

Vino un negro y me dijo
que el viejo del tío Tom
era un negrito creado
por la discriminación
el mismo negro me dijo
que Tarzán nunca existió
y que el fantasma sólo era
la blanca imaginación
ese negro a mí me dijo
que Jesús el creador
no tenía ojos azules
que era negro como yo
el mismo negro me dijo
que negro era Luperón[1]
que los indios se acabaron
o que los acabó Colón

---

[1]Gregorio Luperón (1839–1897), presidente de la República Dominicana.

ese negro que yo digo
un negro conservador
me dejó con muchas dudas
me dejó hasta sin Dios
pero me puso a buscar°
y al fijarme° en su negrura
tornó° su cara en espejo
y al mirarle fijamente
supe que el negro
era yo.

°me... he led me on a quest
°al... upon noticing
°turned

## Tema de conversación

En grupos de tres o cuatro, hablen de los diferentes grupos que, por una razón u otra, se sienten discriminados en el trabajo, en la vida social, etc.

Benito Juárez, un gran presidente mejicano, dijo: "El respeto al derecho ajeno es la paz." ¿Creen Uds. que se pueden solucionar muchos problemas tomando estas palabras como ejemplo? ¿Qué problemas pueden mencionar?

## Desde el punto de vista literario

Comente Ud....

1. ¿Cómo clasifica Ud. "Diálogo negro" según el tema?
2. ¿Cómo clasifica Ud. los dos primeros versos por el número de sílabas?

# José Martí  (Cuba: 1853–1895)

*José Martí, escritor y patriota cubano, dedicó su vida y su obra a la independencia de Cuba. Martí murió en el campo de batalla°, durante la última guerra de independencia de su país, en el año 1895. El escritor es famoso no sólo como poeta y ensayista, sino también como orador.*

    *Martí es el creador de la prosa artística, que se caracteriza por la melodía, el ritmo y el uso de frases cortas, para expresar ideas muy profundas. Sus temas principales son la libertad, la justicia, la independencia de su patria y la defensa de los pobres, de los humildes y de los oprimidos. Entre sus obras poéticas figuran* Ismaelillo *(1882),* Versos sencillos *(1891) y dos colecciones publicadas después de su muerte:* Versos libres *(1913) y* Flores del destierro *(1933).*

campo... battleground

## Actividades de preparación

A. En estos versos el poeta describe su poesía. ¿Qué ideas o imágenes le sugieren las siguientes palabras que él usa para describirla?

espuma     monte     abanico de plumas
puñal     surtidor     acero

B. Al leer los versos, encuentre las respuestas a las siguientes preguntas.

1. En el primer verso, ¿qué palabras usa Martí para dar la idea de que su poesía es ligera (*light*)?
2. ¿Qué echa el puñal por el puño?
3. ¿De qué color es el agua que brota del surtidor?
4. ¿Con qué compara Martí el vigor de su poesía?

# de Versos sencillos

Si ves un monte de espumas°,
es mi verso lo que ves:
Mi verso es un monte, y es
un abanico de plumas°.

    Mi verso es como un puñal°
que por el puño° echa flor;
mi verso es un surtidor°
que da un agua de coral.

    Mi verso al valiente agrada°:
mi verso, breve° y sincero,
es del vigor del acero°
con que se funde la espada°.

foam

abanico... feather fan
dagger
handle
fountain

pleases
brief
steel
sword

## Tema de conversación

En grupos de tres o cuatro, hablen de lo siguiente: ¿Alguna vez escribieron un poema? ¿Tienen algún poeta favorito? ¿Les gusta la poesía? ¿Por qué o por qué no? ¿Prefieren novelas, poemas, obras teatrales, ensayos o cuentos?

## Desde el punto de vista literario

Comente Ud....

¿Qué metáforas usa Martí para describir su poesía?

# Capítulo 4

# Ana María Matute *(España: 1926–    )*

*Ana María Matute es una de las novelistas españolas más famosas de nuestra época. Nació en Barcelona en el año 1926, y comenzó a escribir desde muy joven; a los diecisiete años ya había terminado su primera obra,* Pequeño teatro, *que más que una novela es un cuento largo.*

*Su producción literaria es muy amplia y variada; entre sus novelas podemos citar* Los Abel *(1948) y* Primera memoria *(1961), y entre sus colecciones de cuentos* Historias de la Artámila *(1961) y* El arrepentido *(1967). Ana María Matute ha recibido numerosos premios, entre ellos el Premio Planeta, el Premio Nacional de Literatura, el Premio Nadal y el Premio Lazarillo.*

*El estilo de esta escritora es poético y vigoroso. La atmósfera de muchos de sus cuentos y novelas es trágica, y sus temas frecuentes son la incomunicación y la mezcla de amor y odio en las relaciones humanas.*

## Vocabulario clave

**la abeja**  honey bee
**brillante**  shiny
**la cinta**  ribbon
**el girasol**  sunflower
**la hormiga**  ant
**el lado**  side

**la letra**  letter
**la muñeca**  wrist
**el rosal**  rose bush
**la semilla**  seed
**silvestre**  wild

## Actividades de preparación

A. Complete las siguientes oraciones con palabras del vocabulario.

1. Planté un _____ y unas _____ de girasol en mi jardín.
2. En el campo hay muchas flores _____.
3. Las _____ y las _____ son insectos.
4. Te voy a comprar una _____ azul para el pelo.
5. Tenía los cabellos trenzados a cada _____ de la cara.
6. Usa un reloj de oro en la _____.
7. La manzana era roja y _____.
8. Me llamo Ana. Mi nombre tiene sólo tres _____.

B. Fíjese en el título de este cuento: A "La niña fea". ¿Cómo cree Ud. que la trataban las otras niñas en la escuela? ¿Cómo cree Ud. que se sentía ella?

C. Al leer el cuento, encuentre las respuestas a las siguientes preguntas.

1. ¿Qué aspecto tenía la niña?
2. ¿Qué comía siempre la niña?
3. ¿La aceptaban las otras niñas? ¿Qué le decían?

4. ¿Cómo describe la autora el lugar desde donde la niña miraba a sus compañeras?
5. ¿Qué le dijo la tierra un día?
6. ¿Qué le pusieron a la niña?
7. ¿Dónde está ahora la niña?
8. ¿Qué le pasó?

# La niña fea

La niña tenía la cara oscura y los ojos como endrinas°. La niña llevaba el cabello partido en dos mechones, trenzados° a cada lado de la cara. Todos los días iba a la escuela, con su cuaderno lleno de letras y la manzana brillante de la merienda°. Pero las niñas de la escuela le decían: "Niña fea"; y no le daban la mano, ni se querían poner a su lado°, ni en la rueda ni en la comba°: "Tú vete, niña fea". La niña fea se comía su manzana, mirándolas desde lejos, desde las acacias, junto a los rosales silvestres, las abejas de oro, las hormigas malignas y la tierra caliente de sol. Allí nadie le decía: "Vete". Un día, la tierra le dijo: "Tú tienes mi color". A la niña le pusieron flores de espino° en la cabeza, flores de trapo° y de papel rizado en la boca, cintas azules y moradas en las muñecas. Era muy tarde, y todos dijeron: "Qué bonita es". Pero ella se fue a su color caliente, al aroma escondido, al dulce escondite° donde se juega con las sombras° alargadas de los árboles, flores no nacidas y semillas de girasol.

> wild plums
> braided
> snack
>
> **a...** beside her / jump rope
>
> hawthorn / cloth
>
> hiding place
> shadows

## Tema de conversación

En grupos de tres o cuatro, hablen sobre sus experiencias en la escuela primaria. ¿Fueron positivas? ¿Tuvieron algunos problemas? ¿Había niños que no eran aceptados por los demás? ¿Por qué? ¿Cómo creen Uds. que se sentían esos niños? ¿Qué creen Uds. que se debe hacer para enseñarles a los niños a aceptar a todos por igual?

## Desde el punto de vista literario

Comente usted...

1. ¿Qué ejemplos de símil encuentra Ud. en el cuento?
2. ¿Qué frases usa la autora para describir el ambiente?

## Composición

¿Recuerda Ud. el caso de algún niño a quien los demás rechazaban o trataban mal? Cuéntenos.

# Javier de Viana *(Uruguay: 1868–1926)*

*Javier de Viana pasó su niñez en una estancia (rancho), lo cual le dio un conocimiento personal de la psicología del gaucho. Más tarde se fue a vivir a Montevideo, donde terminó sus estudios, pero regresaba frecuentemente a su estancia.*

*En 1904 se fue a Buenos Aires, donde se hizo famoso como periodista, dramaturgo y especialmente como escritor de cuentos. En sus historias integra con gran maestría personajes y conflictos dramáticos. Su obra se compone de unos veinte volúmenes de cuentos, novelas, obras teatrales y ensayos. Su colección más famosa es* Leña seca, *publicada en 1911.*

# Vocabulario clave

**el cielo**   sky
**el edificio**   building
**la lucha**   fight, struggle
**la muerte**   death
**la nube**   cloud

**la palabra**   word
**pálido(a)**   pale
**reconocer (yo reconozco)**   to recognize
**la vaca**   cow
**ya no**   no longer

## Actividades de preparación

A. Encuentre en la columna B las respuestas a las preguntas de la columna A.

**A**
1. ¿Dijo algo?
2. ¿Se siente mal?
3. ¿Viven en un rancho?
4. ¿El Sr. Paz está en su oficina?
5. ¿Tú sabías quién era ella?
6. ¿Compró una casa?
7. ¿Había nubes?
8. ¿Habló de la vida de Lincoln?
9. ¿Qué ves en el cielo?
10. ¿Cómo terminó la lucha?

**B**
a. Sí, y tienen muchas vacas.
b. Sí, y de su muerte.
c. No, un edificio de apartamentos.
d. Un avión.
e. No, él ya no trabaja aquí.
f. Sí, grises.
g. No, ni una palabra.
h. La policía arrestó a los dos hombres.
i. Sí, y está muy pálido.
j. No, no la reconocí.

B. En este cuento el autor presenta al gaucho Indalecio quien, después de estar en la cárcel por quince años, regresa a su casa, a su esposa y a su tierra. ¿Qué cambios cree Ud. que va a encontrar? ¿Qué le suguiere el título del cuento?

C. Al leer el cuento, encuentre las respuestas a las siguientes preguntas.
1. ¿Qué se veía en la llanura?
2. ¿Cómo se sentía Indalecio?
3. ¿Cuánto tiempo había estado ausente?

4. ¿Qué recordaba Indalecio?
5. Cuando la policía arrestó a Indalecio, ¿de qué se tuvo que despedir él?
6. ¿Cuántos años tenía Indalecio cuando lo arrestaron? ¿Cómo volvía ahora?
7. ¿Qué se preguntaba el gaucho?
8. ¿Cómo era la mujer que salió a recibirlo? ¿Quiénes estaban con ella?
9. ¿La mujer reconoció a Indalecio? ¿A quién creía él ver en ella?
10. ¿Qué le preguntó el gaucho a su esposa?
11. ¿Qué hizo ella cuando lo reconoció?
12. ¿Qué le propuso Manuel Silva a la mujer, y por qué aceptó ella?
13. ¿Qué seguía diciendo la mujer? ¿Indalecio la escuchaba?
14. ¿Qué le preguntó Indalecio a su esposa?
15. ¿Qué hizo el gaucho al final?
16. ¿Qué hizo la mujer después que él se fue?

# El tiempo borra[1] (Adaptado)

### El retorno de Indalecio

En el cielo, de un azul puro, no se movía una nube. Sobre la llanura° una multitud de vacas blancas y negras, amarillas y rojas, pastaba°.

    Indalecio avanzaba al trote° por el camino zigzagueante, con una gran tristeza en el alma°. Experimentaba° deseos de no continuar aquel viaje.

    ¡Qué triste era su retorno! ¡Quince años y dos meses de ausencia! Revivía° en su memoria la tarde gris, la disputa con Benítez, la lucha, la muerte de aquél, la detención suya por la policía, la triste despedida° a su campito°, a su ganado°, al rancho recién construido, a la esposa de un año... Tenía veinticinco años entonces° y ahora regresaba viejo, destruido después de quince años de prisión. Regresaba... ¿para qué? ¿Existían aún° su mujer y su hijo? ¿Lo recordaban, lo amaban aún? ¿Siguió su camino, cada vez más triste°.

*plain*
*was grazing*
**al...** *at a trot*
*soul / He felt*

*He relived*

*farewell / dear land / cattle*

*then*

*still*
**cada...** *sadder and sadder*

### El encuentro

Detuvo su caballo frente al rancho°.

    —Bájese —gritó desde la puerta de la cocina una mujer de apariencia vieja, que en seguida, fue hacia° él, seguida° de media docena de chiquillos° curiosos.

    —¿Cómo está?

    —Bien, gracias. Pase.

    Ella no lo había reconocido. Él creía ver a su linda esposa en aquel rostro° cansado y aquel pelo gris.

    Entraron en el rancho, se sentaron y entonces él preguntó:

    —¿No me conoces?

    Ella quedó mirándolo°, se puso° pálida y exclamó con espanto°:

    —¡Indalecio!

*hut*

*toward / followed / little children*

*face*

**quedó...** *stared at him /* **se...** *became /* **con...** *astonished*

---

[1]*Time erases*

Empezó a llorar. Después, se calmó un poco y habló, creyendo justificarse:

—Yo estaba sola; no podía cuidar los intereses°. Todos me decían que tú no ibas a volver. Entonces... Manuel Silva me propuso° casarse conmigo. Yo resistí mucho tiempo... pero después...

Y la infeliz° seguía hablando°, defendiéndose, defendiendo a sus hijos. Pero Indalecio ya no la escuchaba.

—¿Comprendes? —continuaba ella.

### La despedida

Él la interrumpió:

—¿Todavía pelean en la Banda Oriental[1]?

Ella respondió asombrada°:

—Sí; el otro día un grupo de soldados pasó por aquí...

—Adiós —interrumpió el gaucho.

Y sin hablar una palabra más se levantó, fue por su caballo, montó° y salió al trote, rumbo al° Uruguay.

Ella se quedó de pie°, en el patio, mirándolo, y cuando lo perdió de vista, dejó escapar un suspiro° de satisfacción y volvió a la cocina.

property
proposed

unhappy woman / **seguía...** kept talking

aghast

mounted
**rumbo...** toward
**de...** standing
sigh

## Tema de conversación

En grupos de tres o cuatro, hablen sobre los cambios que se producen en las personas a medida que pasa el tiempo. ¿Tenían Uds. amigos con quienes ahora no tienen mucho en común? ¿Cómo eran Uds. antes y cómo son ahora? ¿Qué cosas eran importantes para Uds. cuando eran niños(as)? ¿Qué cosas son importantes ahora?

## Desde el punto de vista literario

1. Estudiando con cuidado el uso de los adjetivos, diga cómo contribuyen éstos al ambiente del cuento.
2. ¿Puede Ud. indicar el punto culminante del cuento?

## Composición

Escriba una composición sobre lo siguiente:

Con la ausencia y la distancia, ¿el amor muere o se hace más fuerte (*stronger*)? Dé ejemplos.

---

[1]**la Banda Oriental** = Uruguay. During colonial times Uruguay was known as the Eastern Province.

# *Ricardo Palma*  *(Perú: 1833–1919)*

*Ricardo Palma, el escritor peruano más famoso de su tiempo, nació en Lima, donde vivió la mayor parte de su vida. Dejó de estudiar para dedicarse al periodismo, la literatura y la política. Viajó a Brasil, Francia, España y los Estados Unidos, y tuvo puestos políticos muy importantes. En 1878, fue nombrado miembro de la Real Academia Española.*

*Palma fue poeta, lingüista, crítico literario, historiador, periodista y el costumbrista más extraordinario en América Latina. Su trabajo literario más importante son sus tradiciones, un género que él inventó. Una tradición es una narración basada en una anécdota, un hecho histórico o una realidad social de la época, en la que la realidad se mezcla con la imaginación. Estas historias siempre están contadas con humor e ironía.*

## Vocabulario clave

**asustado(a)**   frightened
**el gasto**   expense
**huérfano(a)**   orphan
**mantener**   to support
**mejorar**   to improve

**mellizos**   twins
**el negocio**   business
**pesar**   to weigh
**el (la) recién nacido(a)**   newborn
**tener puesto(a)**   to have on

## Actividades de preparación

A. Complete las siguientes oraciones con palabras del vocabulario.

1. La niña _____ un vestido azul.
2. Sabe nadar, pero necesita _____ su estilo.
3. Marisa _____ 110 libras (*pounds*).
4. Roberto es _____. Sus padres murieron cuando él tenía diez años.
5. Mi hermana tuvo _____. ¡Los bebés son hermosos!
6. Con ese salario no vas a poder _____ a tu familia.
7. No pudieron llevar al _____ a su casa porque fue prematuro.
8. Me dio mil dólares, y con ese dinero pude pagar los _____ de la casa.
9. Tenían un _____ de importación y exportación.
10. El hombre nos amenazó con un revólver. ¡Estábamos tan _____!

B. El título de esta tradición es "No hay mal que por bien no venga" (*Everything happens for the best*). ¿Recuerda Ud. algunas circunstancias en su vida en que una mala situación resultó ser una bendición (*blessing*)?

C. Al leer el cuento, encuentre las respuestas a las siguientes preguntas.

1. ¿Cuál era la situación económica del zapatero?
2. ¿Qué le daba su esposa cada año?
3. ¿Qué pasó por ese entonces?
4. ¿Qué le informaron a la directora de la casa de huérfanos?

5. ¿Qué se propuso la señora?
6. ¿Qué decidió el zapatero esa misma noche y por qué?
7. ¿Qué dejó una mujer enlutada en la puerta de la casa de huérfanos?
8. ¿Qué le dijo la directora al zapatero que debía hacer inmediatamente?
9. ¿Con cuántos niños tuvo que regresar el zapatero a su casa?
10. ¿Cuántos hijos tienen ahora el zapatero y su esposa?
11. ¿Por qué pesaba mucho el chico?
12. ¿Qué decía la nota que traía el niño?
13. ¿Qué pudo hacer el zapatero con las monedas de oro?
14. ¿Qué pasó cuando el niño cumplió seis años?

# No hay mal que por bien no venga *(Adaptado)*

Un zapatero muy pobre, que vivía en la calle de los Gallos, estaba casado con una mujer muy fecunda°, que cada año le daba, si no mellizos, por lo menos un hijo.

Por ese entonces° comenzaron a dejar bebés a las puertas de la casa de huérfanos de Lima, y todos los días de ocho a nueve de la noche abandonaban por lo menos uno. La directora de la casa se alarmó mucho con esta invasión de niños abandonados, y especialmente cuando le informaron que un mismo° individuo, cubierto con una capa negra, era el que los dejaba a la puerta de su casa. La buena señora se propuso descubrir la identidad del individuo, y así ordenó vigilar la llegada del encapuchado° misterioso.

Esa misma noche el zapatero decidió llevar a su recién nacido a la casa de huérfanos, pues no tenía dinero para mantener un hijo más. Al mismo tiempo que los criados° que vigilaban la entrada de la casa le caían encima, una mujer enlutada° dejaba otro niño a las puertas de la casa de beneficencia.

Cuando los criados llevaron al zapatero a la oficina de la directora, la señora le dijo:

—Ud. no debe traer todas las noches tantos° niños. Puede llevarse inmediatamente los que trajo esta noche. Si no lo hace, llamo a la policía. ¡Sí, señor! ¡Se los puede llevar ahora mismo!

Al oír que iban a llamar a la policía, el zapatero asustado contestó temblando:

—Pero, señora directora, sólo uno es mío. Ud. se puede quedar con° el otro. Aquí se lo dejo.

—¡Le ordeno que salga de aquí inmediatamente! —le contestó la directora.

El zapatero no tuvo más remedio que° regresar a su casa con los niños.

Se los dio a su esposa y luego le contó el resultado de su visita a la casa de beneficencia. La mujer, que se había quedado llorando porque la miseria° la obligaba a abandonar a su querido hijo, le dijo a su marido:

—En vez de diez hijos vamos a tener una docena que mantener. Dios lo ha querido así°. Él nos los ha enviado y con su ayuda podremos hacerlo.

Y después de besar a su hijo con mucho amor, empezó a acariciar y a desvestir al intruso.

—¡Este angelito pesa mucho! —dijo la pobre mujer.

fertile

**Por...** About that time

same

wearing a hood

servants / in mourning

so many

**quedar con...** keep

**no...** had no choice but

poverty

so

Y era verdad que el chico pesaba mucho, pues tenía puesto un cinturón° que
contenía cincuenta monedas° de oro. También tenía una nota con las siguientes palabras: "Está bautizado y se llama Carlitos. Quiero que usen este dinero para ayudar
con los gastos de su crianza°. Con la ayuda de Dios sus padres esperan reclamarlo
algún día."

Cuando menos lo esperaba el zapatero abandonó la pobreza°, pues con las monedas de oro que traía el bebé pudo mejorar su tienda y prosperar en el negocio.

Su mujer crió° al niño con mucho cuidado, y al cumplir éste seis años conoció a
sus verdaderos padres.

*belt*
*coins*

*rearing*

*poverty*

*raised*

## Tema de conversación

En grupos de tres o cuatro, hablen de las ventajas y desventajas de ser parte de una
familia grande. ¿Qué ventajas o desventajas hay en ser hijo único o en tener un solo
hermano?

## Desde el punto de vista literario

Comente usted...

1. ¿Qué institución de la época aparece en esta tradición? ¿Qué aspectos de esta
   institución presenta el autor?
2. ¿Cuál es la ironía que se ve al final del cuento?

## Composición

Escriba una composición sobre el siguiente tema: "No hay mal que por bien no
venga."

# Alfonsina Storni *(Argentina: 1892–1938)*

*Alfonsina Storni fue lo que hoy llamamos una feminista, una mujer de ideas liberales que luchó contra los prejuicios y las convenciones sociales de su época por conseguir una mayor libertad para la mujer. Su poesía es a veces torturada, intelectual y de ritmos duros. En ella se reflejan la inquietud de su vida y su idea de que la mujer, a pesar de ser igual que el hombre, vive en una especie de esclavitud con respecto a éste. El final de la vida de Alfonsina Storni fue trágico; al saber que tenía cáncer, escribió una breve composición poética que tituló "Voy a morir" y se suicidó arrojándose al mar. Entre sus libros de poemas podemos citar* El dulce daño *(1918);* Ocre *(1925), considerado por muchos críticos como el mejor;* Mundo de siete pozos *(1934) y* Mascarilla y trébol *(1938).*

## Actividades de preparación

A. Haga su primera lectura de "Cuadrados y ángulos" en voz alta. ¿Cómo se relaciona el estilo empleado con el título del poema? ¿Qué le sugieren a Ud. las palabras "cuadrados y ángulos"?

B. Al leer el poema, encuentre las respuestas a las siguientes preguntas.

   1. Según la poetisa, ¿cómo es el alma de la gente?
   2. ¿Cómo ve el mundo la poetisa?
   3. ¿Qué crítica hace Alfonsina Storni en su poema?

# Cuadrados y ángulos

Casas enfiladas°, casas enfiladas,
casas enfiladas,
cuadrados°, cuadrados, cuadrados,
casas enfiladas.
Las gentes ya tienen el alma° cuadrada,
ideas en fila°
y ángulo en la espalda;
yo misma he vertido° ayer una lágrima°,
Dios mío, cuadrada.

                (*De* El dulce daño)

°in a line

°squares

°soul
**en...** in a row

**he...** have shed / tear

## Desde el punto de vista literario

Comente usted...

¿Cómo expresa la autora la monotonía y la falta de individualidad del mundo actual?

# *Alfonsina Storni*[1]    *(Argentina: 1892–1938)*

## Actividades de preparación

A. Antes de leer el poema, haga una lista de varias posibles interpretaciones del título "Hombre pequeñito".

B. Al leer el poema, encuentre las respuestas a las siguientes preguntas.

   1. ¿Con quién se compara la poetisa en este poema?
   2. ¿Cómo se ve, en este poema, la idea de la autora, de que la mujer está en una posición de esclavitud con respecto al hombre?

# Hombre pequeñito

Hombre pequeñito, hombre pequeñito,    *Let go*
Suelta° a tu canario que quiere volar...
Yo soy el canario, hombre pequeñito,    *jump out*
déjame saltar°.

   Estuve en tu jaula°, hombre pequeñito,    *cage*
hombre pequeñito que jaula me das.
Digo pequeñito porque no me entiendes,
ni me entenderás.

   Tampoco te entiendo, pero mientras tanto°    **mientras...** *in the meantime*
ábreme la jaula que quiero escapar;
hombre pequeñito, te amé media hora,
no me pidas más.
               *(De* Irremediablemente)

## Desde el punto de vista literario

Comente usted...

¿Qué símbolos usa Alfonsina Storni en su poema para expresar la idea de la falta de libertad?

---
[1]Ver biografía en la página 49.

# Capítulo 5

# *Mariano José de Larra* *(España: 1809–1837)*

*Mariano José de Larra fue un destacado periodista, crítico y escritor costumbrista del período romántico. Larra nació en España, pero pasó la primera parte de su vida en Francia y esto influyó en su forma de pensar y en su filosofía de la vida. Larra escribió una novela, algunas poesías y una obra de teatro, pero lo más famoso de este autor son sus artículos de costumbre en los que retrata la vida del Madrid de su época y critica las costumbres de los españoles. Larra escribió bajo varios seudónimos, el más conocido de ellos es el de "Fígaro". La prosa de este autor es limpia y clara y al leerla tenemos la sensación de estar en contacto con la vida misma. El estilo de Larra es satírico y mordaz[1].*

## Vocabulario clave

**la aceituna**   olive
**la amistad**   friendship
**andar**   to walk
**bien cocinado**   well done
**cambiar**   to change
**de aquí en adelante**   from now on
**de mal gusto**   in bad taste
**débil**   weak
**la desgracia**   misfortune

**despacio**   slowly
**entre**   between, among
**gritar**   to shout, to scream
**marcharse**   to leave, to go away
**No hay remedio.**   There's no choice.
**¡Santo cielo!**   Good Heavens!
**sin**   without
**Sírvase.**   Help yourself.
**tragar**   to swallow

## Actividades de preparación

A.  Complete las siguientes oraciones con palabras del vocabulario.

1. Aquí hay queso y _____. _____, señora. ¿Quiere un refresco?
2. Me gusta el bistec _____.
3. _____, voy a tratar de ser más organizado.
4. No quiero quedarme aquí. Yo _____.
5. Tengo que hablar _____ para que me entiendan.
6. ¡_____! ¿Qué te pasó?
7. Me sentaron _____ un señor de Costa Rica y una señora de Colombia.
8. Yo tengo muy buenos amigos. La _____ es muy importante para mí.
9. Ella a veces _____ por la calle _____ saber a dónde va.
10. Es _____ comer con las manos...
11. Voy a _____ el libro que compré porque no me gusta.
12. Estoy muy cansada y me siento _____.
13. ¡Qué _____! ¡Mi coche no funciona!

---

[1]biting

14. Los niños están hablando y _____ en la clase porque la maestra no está con ellos.

15. No me gusta este hotel, pero... ¡_____! Tengo que quedarme aquí.

16. La carne no estaba bien cocinada, pero la tuve que _____.

B. Este artículo trata sobre una fiesta de cumpleaños. Teniendo en cuenta lo que Ud. sabe del autor, ¿qué cree que va a pasar en la fiesta? ¿Va a ser un éxito (*success*) o un desastre? Haga una lista de las cosas que Ud. hace cuando está preparando una fiesta y compárela con las que hace el señor que celebra el cumpleaños.

C. Al leer el artículo, encuentre las respuestas a las siguientes preguntas.

1. ¿Qué ocurrió días pasados, cuando el autor andaba buscando materiales para sus artículos?
2. ¿Cómo se llamaba el castellano viejo?
3. ¿Por qué lo invitó a comer en su casa? ¿A qué hora dijo que lo esperaba?
4. ¿Aceptó Fígaro la invitación? ¿Cómo se sentía al aceptarla?
5. ¿Qué tipos de personas eran las visitas que vinieron a saludar a Braulio?
6. ¿Quiénes estaban sentados a ambos lados de Fígaro?
7. ¿Qué se sirvió en el almuerzo?
8. ¿Comieron los invitados el pavo? ¿Por qué?
9. ¿Qué hizo doña Juana? ¿Qué hacía el gordo?
10. ¿Qué pidieron todos los invitados? ¿Quién era el único poeta?
11. ¿Cómo se sentía Fígaro al salir a la calle?
12. ¿Qué le pide Fígaro a Dios?

# El castellano viejo *(Adaptado)*

Andaba días pasados buscando materiales para mis artículos, cuando sentí una horrible palmada° sobre mi espalda.

Traté de volverme°, pero mi castellano viejo siguió dándome pruebas de amistad y cariño°, cubriéndome los ojos con las manos.

—¿Quién soy? —gritaba, alborozado°.

—Un animal —iba a responderle; pero entonces me acordé de quién podría ser. —Eres Braulio —le dije.

—¡Amigo! ¡Me alegro de verte! ¿Sabes que mañana es el día de mi santo?

—Felicidades —le digo.

—Estás invitado a comer conmigo.

—No creo que sea posible.

—No hay remedio.

—Dudo que pueda ir —insisto.

—Naturalmente... como no soy el duque de F. ni el conde° de P....

—No es eso...

slap
turn around
affection
exhilarated

Count

—Pues si no es eso, te espero a las dos.

—Iré —dije con voz débil y ánimo decaído°.                                      depressed

Llegaron las dos del día siguiente, y como yo conocía bien a mi amigo Braulio, no me vestí muy elegante para ir a comer. Me vestí lo más despacio posible.

No quiero hablar de las visitas que antes de la hora de comer entraron y salieron en aquella casa; gente cuya conversación se limitaba a comentar que el tiempo iba a cambiar y que en invierno generalmente hace mas frío que en verano.

Eran las cinco cuando nos sentamos a comer.

Me sentaron entre un niño de cinco años y uno de esos hombres que ocupan en este mundo el espacio de tres. Interminables° y de mal gusto fueron los cumpli-       Neverending
mientos° con que para dar y recibir cada plato nos aburrimos unos a otros.          courtesies

—Sírvase usted.

—Por favor, páselo usted a la señora...

Cruza por aquí la carne; por allá la verdura; acá los garbanzos; allá el jamón; el pollo por la derecha; por el medio el tocino, y un plato de pavo, que Dios maldiga°.    curse

—¡Qué lástima! Este pavo no está bien cocinado —decía la mujer.

—¡Oh, está excelente, excelente! —decíamos todos, dejándolo en el plato.

El niño de mi izquierda hacía saltar las aceitunas a un plato con tomate, y una      **vino...** landed
vino a parar° a uno de mis ojos, que no volvió a ver claro en todo el día. ¿Hay más
desgracias? ¡Santo cielo! Sí, las hay, para mí. Doña Juana, la de los dientes negros y
amarillos me ofrece de su plato y con su tenedor un trozo de carne que es necesario
aceptar y tragar. Mi gordo fuma sin cesar°, convertido en una chimenea. Por fin, ¡oh,    **sin...** without stopping
última de las desgracias! todos piden versos, y no hay otro poeta que Fígaro.

—¡Señores, por Dios! ¡Nunca he improvisado! ¡Me marcharé!

—¡Cierren la puerta! ¡No sale usted de aquí sin decir algo!

Y recito versos y vomito disparates°, y los celebran, y crece la bulla°, el humo° y        nonsense / noise / smoke
el infierno.

A Dios gracias, logro° escaparme de aquel nuevo Pandemonio. Por fin ya              I manage
respiro el aire fresco de la calle. Ya no hay necios°, ya no hay castellanos viejos...      **Ya...** There are no longer
                                                                                            fools
—¡Santo Dios, yo te doy gracias! —exclamo. —De aquí en adelante no te pido
dinero ni glorias... Líbrame° de estas casas en que una invitación es un aconte-         Deliver me
cimiento, en que se dicen versos; en que hay niños; en que hay gordos; en que reina,
en fin, la brutal franqueza de los castellanos viejos.

## Tema de conversación

En grupos de tres o cuatro, hagan comentarios sobre su vida social. Generalmente, ¿cómo celebran su cumpleaños? ¿Con quiénes lo celebran? ¿En qué ocasiones dan Uds. fiestas en su casa? ¿Invitan a muchas personas o prefieren estar solos con sus amigos más íntimos? Entre sus conocidos (*acquaintances*), ¿hay personas cuya conversación es aburrida? ¿Tratan Uds. de evitarlas?

# Desde el punto de vista literario

Comente Ud....

1. ¿Desde qué punto de vista está contado el cuento?
2. ¿Cómo exagera el autor los rasgos (*features*) o cualidades de los personajes y qué logra con esto?

# Composición

Escriba una composición sobre una ocasión en la que Ud. aceptó una invitación a una fiesta a la cual no quería ir. ¿Qué pasó?

# *Gregorio López y Fuentes* (México: 1897–1966)

*Gregorio López y Fuentes nació en la región de Veracruz, donde su padre era agricultor. Fue aquí donde el escritor se familiarizó con los tipos campesinos que después aparecieron en sus cuentos y novelas.*

*López y Fuentes escribió varias novelas sobre distintos aspectos de la vida mexicana. De ellas, las dos mejores son:* Tierra *(1932), sobre la vida de Emiliano Zapata[1], y* El Indio *(1935), que es una especie de síntesis de la historia de México y con la cual el escritor ganó el Premio Nacional de Literatura. En su colección de cuentos,* Cuentos campesinos de México *(1940), el escritor recuerda episodios de su juventud. En ellos el autor muestra un gran interés por la psicología y las costumbres de los personajes que presenta.*

## Vocabulario clave

**a punto de**   about to
**el aguacero**   heavy shower
**el buzón**   mailbox
**el cartero**   mail carrier
**el cielo**   sky
**la cosecha**   harvest
**darse por vencido(a)**   to give up
**la esperanza**   hope

**el granizo**   hail, hailstone
**hacer de cuenta**   to pretend
**el (la) ladrón(-ona)**   thief
**la mitad**   half
**negar (e → ie)**   to refuse
**pasar hambre**   to go hungry
**el sobre**   envelope

## Actividades de preparación

A. Busque en la columna B las respuestas a las preguntas de la columna A.

**A**
1. ¿Pusiste la carta en el sobre?
2. ¿Vino un aguacero?
3. ¿Se perdió la cosecha?
4. ¿Se dieron por vencidos?
5. ¿Quién fue el ladrón?
6. ¿Se fue?
7. ¿Quieres todo el pastel?
8. ¿Hizo el trabajo?
9. ¿Creían en Dios?
10. ¿Con qué asocia el color azul?
11. ¿Estaba listo?

**B**
a. Sí, tendrán que pasar hambre.
b. No, sólo la mitad.
c. El cartero.
d. No, se negó a hacerlo.
e. Sí, estaba a punto de salir.
f. Sí, y la eché en el buzón.
g. Con el cielo.
h. No, no perdieron las esperanzas.
i. Sí, pero voy a hacer de cuenta que está aquí.
j. Sí, y después cayó granizo.
k. Sí, tenían mucha fe.

B. Fíjese en el título del cuento. ¿Qué le sugiere a Ud.? ¿Qué tipo de persona le escribe una carta a Dios? ¿Cuál cree Ud. que va a ser el tema principal del cuento?

---

[1]Líder de la Reforma Agraria durante la Revolución Mexicana.

C. Al leer el cuento, encuentre las respuestas a las siguientes preguntas.

1. ¿Qué se veía desde la casa de Lencho?
2. ¿Qué necesitaba la tierra?
3. ¿Qué estaban haciendo Lencho y su familia antes de ir a almorzar?
4. ¿Qué representaban las gotas de agua para Lencho?
5. Al principio, Lencho está muy contento con la lluvia, pero ¿qué pasa después?
6. ¿Cómo quedó el campo después del granizo?
7. ¿Cuál era la situación de Lencho y su familia y cuál era su única esperanza?
8. ¿A quién le escribió Lencho y qué le pidió?
9. ¿Qué hizo el jefe de correos después de leer la carta de Lencho?
10. ¿Qué le dice Lencho a Dios en su segunda carta?

# *Una carta a Dios* (Adaptado)

Desde la casa —única°— en todo el valle— se veían los campos, el río y el maíz ya a punto de brotar°... Lo único que necesitaba la tierra era una lluvia, por lo menos un fuerte aguacero. — the only one / come out

Durante la mañana, Lencho no había hecho más que° examinar el cielo por el noreste. — **no...** had done nothing but

—Ahora sí que viene el agua, vieja.

Y la vieja, que preparaba la comida, le respondió.

—Dios lo quiera.

Los muchachos más grandes arrancaban las hierbas de entre la siembra°, mientras que los más pequeños corrían cerca de la casa, hasta que la mujer les gritó a todos: — sown field

—Vengan a comer...

Fue durante la comida cuando, como lo había asegurado Lencho, comenzaron a caer gruesas° gotas° de lluvia. Por el noreste se veían avanzar grandes montañas de nubes. El aire olía a jarro° nuevo. — thick, big / drops / **olía...** smelled like earthen jug

—Hagan de cuenta, muchachos, —exclamaba el hombre— que no son gotas de agua las que están cayendo; son monedas nuevas: las gotas grandes son de a diez y las gotas chicas son de a cinco...[1]

Y miraba, satisfecho, el maíz y el frijol a punto de brotar. Pero de pronto, comenzó a soplar° un fuerte viento y con las gotas de agua comenzaron a caer granizos tan grandes como bellotas°. Ésos sí que parecían monedas de plata nuevas. Los muchachos, exponiéndose a la lluvia, corrían y recogían las perlas heladas° de mayor tamaño. — blow / acorns / frozen

—Esto sí que está muy malo —exclamaba mortificado el hombre—; ojalá que pase pronto...

---

[1] **las gotas grandes... a cinco...** the large drops are ten-*centavo* coins and the small drops, five-*centavo* coins . . .

No pasó pronto. Durante una hora, el granizo apedreó° la casa, la huerta°, el monte, el maíz y todo el valle. El campo estaba tan blanco que parecía una salina°. Los árboles, deshojados. El maíz, hecho pedazos°. El frijol, sin una flor. Lencho, con el alma° llena de tribulaciones. Pasada la tormenta°, les decía a sus hijos:

—El granizo no ha dejado nada: ni una sola mata de maíz dará una mazorca°, ni una mata de frijol dará una vaina°...

La noche fue de lamentaciones:

—¡Todo nuestro trabajo perdido!

—¡Y ni a quién pedir ayuda!

—Creo que este año vamos a pasar hambre...

Pero muy en el fondo° espiritual de todos los que vivían en aquella casa solitaria en mitad del valle, había una esperanza: la ayuda de Dios.

—No se preocupen tanto, aunque el mal es muy grande. ¡Recuerden que no hay nadie que se muera de hambre!

—Eso dicen: nadie se muere de hambre...

Esa noche, Lencho pensó mucho en lo que había visto en la iglesia del pueblo los domingos: un triángulo y dentro del triángulo un ojo, un ojo que parecía muy grande, un ojo que, según le habían explicado, lo mira todo, hasta lo que está en el fondo de las conciencias.

Lencho era un hombre rudo° pero sin embargo sabía escribir. Ya con la luz del día y aprovechando la circunstancia de que era domingo, se puso a escribir una carta que él mismo llevaría al pueblo para echarla al correo.

Era nada menos que una carta a Dios.

"Dios —escribió—, si no me ayudas voy a pasar hambre con todos los míos, durante este año: necesito cien pesos para volver a sembrar° y vivir mientras viene la otra cosecha, pues el granizo..."

Escribió en el sobre "A Dios", puso la carta en él, y aún preocupado, se fue para el pueblo. En la oficina de correos, le puso un timbre° a la carta y la echó en el buzón.

Un empleado del correo llegó riendo ante su jefe: le mostraba nada menos que la carta dirigida a Dios. Nunca en su existencia de cartero había conocido ese domicilio°. El jefe de la oficina también se rió, pero después comentó.

—¡La fe! ¡Tener la fe de quien escribió esta carta! ¡Creer como él cree! ¡Esperar con la confianza con que él sabe esperar! ¡Escribirle a Dios!

Y, para no defraudar° aquel tesoro de fe, descubierto a través de una carta que no podía ser entregada°, él tuvo una idea: contestar la carta. Pero una vez abierta, vio que contestar necesitaba algo más que buena voluntad°, tinta° y papel. No por ello se dio por vencido: le exigió° a su empleado una contribución, él puso parte de su sueldo y a varias personas les pidió dinero "para una buena obra°".

Fue imposible para él reunir los cien pesos solicitados por Lencho, y se conformó con enviarle al campesino° por lo menos lo que había reunido: algo más de la mitad. Puso los billetes en un sobre dirigido a Lencho y con ellos un papel que no tenía más que una palabra, a manera de firma: DIOS.

Al siguiente domingo Lencho llegó a preguntar, más temprano que nunca, si había alguna carta para él. Fue el mismo cartero quien le entregó la carta mientras

---

stoned / orchard

salt marsh

**hecho...** torn to pieces

soul / storm

ear of corn

pod

depth

coarse

to sow

stamp

address

disappoint

delivered

will / ink

demanded

work

farmer

que el jefe, con la alegría de quien ha hecho una buena acción, espiaba desde su despacho.

Lencho no mostró la menor sorpresa al ver los billetes —tanta era su seguridad— pero hizo un gesto de ira al contar el dinero... ¡Dios no podía haberse equivocado°, ni negar lo que se le había pedido!

**haberse...** have made a mistake

Inmediatamente, Lencho se acercó a la ventanilla para pedir papel y tinta y empezó a escribir, con gran esfuerzo. Al terminar, fue a pedir un timbre que mojó con la lengua° y luego puso en el sobre.

tongue

En cuanto la carta cayó al buzón, el jefe de correos fue a buscarla. Decía:

"Dios: Del dinero que te pedí, sólo llegaron a mis manos sesenta pesos. Mándame el resto, que me hace mucha falta; pero no por correo, porque los empleados son unos ladrones".

# Tema de conversación

En grupos de tres o cuatro, hablen de la ayuda que se les debe dar a los necesitados. ¿En qué forma puede ayudar el gobierno? ¿Qué pueden hacer las instituciones privadas, incluyendo las iglesias? ¿Y cada individuo?

# Desde el punto de vista literario

Comente Ud....

1. En el cuento "Una carta a Dios", ¿qué simboliza la lluvia al principio del cuento y qué simboliza después del granizo?
2. Señale algunas de las imágenes que usa Gregorio López y Fuentes para ambientar el cuento.
3. ¿Cómo es el lenguaje de "Una carta a Dios"?
4. ¿Cuál es el personaje central de "Una carta a Dios"?
5. En el cuento de López y Fuentes hay dos situaciones irónicas: ¿cuáles son?

# Composición

Escriba una breve composición empezando con lo siguiente: Yo tengo fe en...

# Juana de Ibarbourou (Uruguay: 1895–1979)

*Esta poetisa fue llamada "Juana de América" por la pureza de sus poemas. Se ha dicho que su obra poética pasa por los ciclos orgánicos de nacimiento, juventud, madurez y vejez. De sus libros —*Las lenguas de diamante *(1919),* Raíz salvaje *(1920),* La rosa de los vientos *(1930) y* Oro y tormenta *(1956)— se desprende un cierto narcisismo y una deliciosa feminidad, especialmente en* Las lenguas de diamante, *considerado su mejor creación. De este poemario es el soneto que presentamos a continuación.*

## Actividades de preparación

A.  Al leer el poema por primera vez, busque los adjetivos que utiliza la poetisa para describir la higuera. Basándose en ellos, ¿qué idea tiene Ud. del árbol?

B.  Al leer el poema, encuentre las respuestas a las siguientes preguntas.

1.  En el poema de Juana de Ibarbourou, ¿por qué está triste la higuera?
2.  ¿Qué otros árboles hay en la quinta de la poetisa y cómo son?
3.  ¿Qué le diría la higuera al viento si entendiera a la poetisa?

# La higuera°

Porque es áspera° y fea,
porque todas sus ramas° son grises,
yo le tengo piedad° a la higuera.

En mi quinta° hay cien árboles bellos:
        ciruelos redondos°,
        limoneros rectos°,
y naranjos de brotes° lustrosos°.

        En la primavera,
todos ellos se cubren de flores
        en torno a° la higuera.

Y la pobre parece° tan triste
con sus gajos torcidos° que nunca
de apretados capullos° se visten...

        Por eso,
cada vez que yo paso a su lado
digo, procurando°
hacer dulce° y alegre mi acento:
—Es la higuera el más bello
de los árboles todos del huerto.

fig tee

rough
branches
pity

orchard
**ciruelos...** round plum trees
straight
shoots / shiny

**en...** around

looks
**gajos...** twisted branches
**apretados...** tight buds

trying
sweet

Si ella escucha°,
si comprende el idioma en que hablo,
¡qué dulzura tan honda° hará nido°
en su alma° sensible de árbol!

Y tal vez, a la noche,
cuando el viento abanique° su copa°,
embriagada° de gozo° le cuente:
—Hoy a mí me dijeron hermosa.

*listens*

**dulzura...** deep sweetness /
nest / soul

fans / treetop
intoxicated / joy

## Tema de conversación

En grupos de tres o cuatro, hablen sobre cómo influye nuestra actitud en los sentimientos de las personas con quienes tenemos contacto. Den ejemplos.

## Desde el punto de vista literario

Comente Ud....

1. ¿Qué frases usa la autora para personificar la higuera?
2. Busque un ejemplo de encabalgamiento en el poema.

# *Amado Nervo*[1] *(México: 1870–1919)*

## Actividades de preparación

A. En su primera lectura de "¡Amemos!", présteles especial atención a los verbos. ¿Qué contrastes establece el poeta?

B. Al leer el poema, encuentre las respuestas a las siguientes preguntas.

1. Según el poeta, ¿cuál es la situación del ser humano en este mundo?
2. ¿Cómo describe él el mundo?
3. ¿Ofrece el autor una posible solución? ¿Cuál?

# ¡Amemos!

Si nadie sabe ni por qué reímos°  
ni por qué lloramos°;  
si nadie sabe ni por qué venimos  
ni por qué nos vamos;  
si en un mar de tinieblas° nos movemos,  
si todo es noche en rededor° y arcano°,  
¡a lo menos° amemos!  
¡Quizás° no sea en vano!

we laugh<br>we cry<br><br><br>darkness<br>en... around / secret<br>a... at least<br>Perhaps

(*De* Serenidad)

## Tema de conversación

En grupos de tres o cuatro, hablen de lo siguiente: ¿se preguntan Uds. a veces de dónde venimos y adónde vamos los seres humanos? ¿Por qué pasan ciertas cosas en la vida? ¿Qué importancia creen Uds. que tiene el amor en la vida?

## Desde el punto de vista literario

Comente Ud....

1. ¿Cuál es el tema del poema?
2. ¿Hay un subtema? ¿Cuál o cuáles?

---

[1]Ver biografía en la página 22.

# Capítulo 6

# *Julio Cortázar* (Argentina: 1914–1984)

*Toda la obra de este escritor denota una constante preocupación por la búsqueda de la verdadera autenticidad, y alrededor de esta idea se mueven sus temas. Cortázar se rebela contra todo lo que sea automático, rutinario o artificial y propone la creatividad, el humor y, sobre todo, la capacidad de ver la vida como la ve un niño, descubriéndola de nuevo cada día.*

*Entre sus novelas —Los premios° (1960), Rayuela° (1963) y Libro de Manuel (1973)— se destaca la segunda, considerada como la más importante de su producción. Escribió también poesía y varias colecciones de cuentos, en los que se mezclan lo real y lo fantástico. "Viajes" es parte de la colección Historia de cronopios y de famas (1962). Aquí, Cortázar inventa a los famas, los cronopios y las esperanzas, unos personajes fantásticos que entran en la realidad diaria. En el cuento que presentamos vemos cómo viajan estos personajes.*

*The Prizes / Hopscotch*

## Vocabulario clave

**la alegría**   joy, happiness
**alto(a)**   high
**averiguar**   to find out
**la calidad**   quality
**cautelosamente**   carefully

**la comisaría**   police station
**la diligencia**   errand
**de guardia**   on duty
**marcharse**   to depart
**molestarse (en)**   to bother

## Actividades de preparación

A. Complete las siguientes oraciones con palabras del vocabulario.

1. El policía arrestó a Jorge y lo llevó a la _____.
2. El doctor Carreras está de _____ en el hospital.
3. Hoy estoy muy ocupada; tengo que hacer muchas _____.
4. Las sábanas son caras pero son de buena _____.
5. Yo no sé la dirección de Andrés, pero la puedo _____.
6. La madre sintió una enorme _____ cuando vio a su hijo.
7. No pudimos comprar nada porque los precios estaban muy _____.
8. Entró en la casa _____ para no despertar a los niños.
9. Tuvo que _____ tan pronto como recibió la llamada.
10. Ellos no quieren _____ en llevarnos al aeropuerto.

B. Lea el cuento rápidamente y decida a qué categoría pertenece Ud. ¿Es Ud. un fama, un cronopio o una esperanza?

C. Al leer el cuento, encuentre las respuestas a las siguientes preguntas.

1. ¿Qué averigua un fama al llegar a un hotel?
2. ¿Qué hace el segundo en la comisaría? ¿Y el tercer fama?
3. ¿Qué hacen los famas cuando se reúnen en la plaza?
4. ¿Cómo se llama la danza de los famas?
5. ¿Qué problemas tienen los cronopios cuando van de viaje?
6. ¿Por qué no se desaniman los cronopios?

7. ¿Qué sueñan por la noche? ¿Cómo se levantan al otro día?
8. ¿Con qué compara el autor a las esperanzas?

# Viajes

Cuando los famas salen de viaje, sus costumbres al pernoctar° en una ciudad son las siguientes: un fama va al hotel y averigua cautelosamente los precios, la calidad de las sábanas y el color de las alfombras. El segundo se traslada a la comisaría y labra un acta° declarando los muebles e inmuebles° de los tres, así como el inventario del contenido de sus valijas. El tercer fama va al hospital y copia las listas de los médicos de guardia y sus especialidades.

> to spend the night
>
> labra... makes a record / real estate property

Terminadas estas diligencias, los viajeros se reúnen en la plaza mayor de la ciudad, se comunican sus observaciones y entran en el café a beber un aperitivo. Pero antes se toman de las manos y danzan en ronda°. Esta danza recibe el nombre de *Alegría de los famas.*

> round

Cuando los cronopios van de viaje, encuentran los hoteles llenos, los trenes ya se han marchado, llueve a gritos[1] y los taxis no quieren llevarlos o les cobran precios altísimos. Los cronopios no se desaniman° porque creen firmemente que estas cosas les ocurren a todos, y a la hora de dormir se dicen unos a otros: "La hermosa ciudad, la hermosísima ciudad". Y sueñan toda la noche que en la ciudad hay grandes fiestas y que ellos están invitados. Al otro día se levantan contentísimos, y así es cómo viajan los cronopios.

> discourage

Las esperanzas, sedentarias, se dejan viajar por las cosas y los hombres, y son como las estatuas que hay que ir a ver porque ellas no se molestan.

## Tema de conversación

En grupos de tres o cuatro, hablen de cómo viajan Uds. ¿Preparan el viaje cuidadosamente? ¿Hacen reservaciones mucho antes de salir? ¿Averiguan cómo son los hoteles? ¿Tienen problemas a veces por no planear bien el viaje? ¿Cómo reaccionan Uds. ante los problemas? Den ejemplos de experiencias que han tenido en sus viajes.

## Desde el punto de vista literario

Comente usted...

1. ¿Cómo clasifica Ud. este cuento, según el tema?
2. ¿Qué tipo de lenguaje usa el autor?
3. ¿Qué personifican los personajes creados por el autor?

## Composición

Explique por qué se considera usted un cronopio, un fama o una esperanza, o una mezcla de los tres. Dé ejemplos.

---

[1]*It rains cats and dogs* (or **llueve a cántaros**). The expression **llueve a gritos** is a creation of the writer.

# Emilia Pardo Bazán *(España: 1851–1925)*

*Emilia Pardo Bazán fue la primera mujer que ocupó una cátedra en la Universidad de Madrid. Está considerada como una de las novelistas más importantes del siglo XIX, y fue la que introdujo el naturalismo en España con su obra* La cuestión palpitante.

*Además de novelas, escribió unos 400 cuentos que han sido considerados por los críticos como lo mejor en su género. Sus narraciones son breves, intensas, dramáticas y convincentes.*

## Vocabulario clave

**la boda**   wedding
**de pronto**   suddenly
**dentro de**   in
**en cambio**   on the other hand
**equivocarse**   to be wrong
**la fe**   faith
**humilde**   humble

**inútil**   useless
**la lágrima**   tear
**la mitad**   half
**la noticia**   piece of news
**el sobretodo**   overcoat
**soñar (o → ue)**   to dream

## Actividades de preparación

A. Complete las siguientes oraciones con palabras del vocabulario.

1. Me puse el _____ porque hacía mucho frío.
2. Ella _____ con casarse algún día; _____ su hermana prefiere permanecer soltera.
3. Antonio es un hombre bueno y _____; es muy religioso y tiene mucha _____.
4. _____ quince días salgo para Madrid.
5. Estábamos hablando cuando _____ ella se levantó y se fue.
6. Con _____ en los ojos, me dijo que tenía que irse. Estaba muy triste.
7. Yo creí que Pepito le había dado la _____ del pastel a Rita, pero _____; mamá se lo había dado todo a Teresa.
8. Todas las noches veo las _____ en la televisión.
9. Traté de llevarlo a la escuela, pero fue _____. No quiso ir.
10. Se casaron el 24 de diciembre. La _____ fue en la iglesia de San Francisco.

B. En el cuento "El décimo", se narra la historia de un joven soltero que compra un billete de lotería que resulta premiado, y que él pierde. ¿Cómo reaccionaría Ud. en una situación similar?

C. Al leer el cuento, encuentre las respuestas a las siguientes preguntas.

1. ¿Puede Ud. describir a la chica que le vendió al joven el billete de lotería?
2. ¿Cuánto le dio el joven por el billete?

3. ¿Qué dijo la chica?
4. ¿Dónde puso el joven el décimo?
5. ¿Cuál era el número del billete?
6. ¿Qué le prometió el joven a la chica?
7. ¿Qué le pidió la chica al joven?
8. ¿Qué pasó cuatro días más tarde?
9. ¿Cuál era el número del premio gordo? ¿Qué representaban esos números?
10. ¿Qué pensó el joven que era lo justo?
11. ¿Qué pasó cuando él empezó a buscar el papelito?
12. ¿Cómo reacciona el joven cuando no encuentra el décimo? ¿Qué hace para tratar de encontrarlo?
13. ¿Quién viene por la tarde y qué le dice al joven?
14. ¿Qué cruel confesión tenía que hacer el muchacho?
15. ¿Qué hizo la chica cuando oyó la noticia? ¿Qué dijo?
16. ¿Qué encontró el joven cuando se casó con la chica?

# El décimo

## La compra° del billete

¿La historia de mi boda? Óiganla ustedes; es bastante° original.

Una chica del pueblo, muy mal vestida°, y hambrienta°, fue quien° una noche me vendió el décimo[1] de billete de lotería, a la puerta de un café. Le di por el billete un duro[2], y ella respondió a mi generosidad con graciosa sonrisa:

—Se lleva usted la suerte°, señorito° —dijo.

—¿Estás segura? —le pregunté en broma°, mientras yo metía° el décimo en el bolsillo° del sobretodo.

—¡Sí, estoy segura! ¡Ya lo verá usted°! El número es el 1.620; lo sé de memoria, los años que tengo°, diez y seis, y los días del mes que tengo sobre los años, veinte justos°.

—Pues, —respondí queriendo ser generoso—, si el billete saca el premio°... la mitad es para ti.

Alegre y con la fe más absoluta, exclamó:

—¡Señorito!, déme° su nombre y las señas° de su casa. Yo sé que dentro de ocho días somos ricos.

## La pérdida° del billete

Pasaron cuatro días y mi criado° me trajo la lista de la lotería. Mis ojos tropezaron° inmediatamente con el número del premio gordo[3]. Creí que estaba soñando. Allí, en

*purchase*

*quite*

*dressed / hungry / the one who*

**Se...** *You are lucky / young man / jest / put*
*pocket*

**Ya...** *You'll see*
**los...** *my age*
*exactly*
**saca...** *wins the prize*

*give me / address*

*loss*

*servant / came upon*

---

[1] **el décimo**  one-tenth share of a lottery ticket
[2] **un duro**  Spanish coin worth five pesetas
[3] **el premio gordo, el gordo**  first prize; literally, the fat prize

la lista, decía 1.620... ¡Era mi décimo, la edad° de la muchacha, la suerte para ella y    age
para mí! Eran muchos miles de duros lo que representaban aquellos cuatro números.
Me sentía dominado por la emoción.

    Aquella humilde y extraña° criatura me había traído la suerte. Lo justo era di-    strange
vidir la suerte con ella; como se lo había prometido.

    Empecé a buscar el mágico papelito. Me acordaba bien: lo había guardado en el
bolsillo del sobretodo. ¿Dónde estaba el sobretodo? A ver... busco aquí, busco allá...
pero nada, el décimo no aparece.

    Llamo al criado con furia, y le pregunto si había visto el papelito... Me dice que    **Me...** I become desperate /
no... Me desespero°, grito, insulto, pero todo es inútil. Enciendo° una vela°, busco    I light / candle /
en los rincones°, examino el cesto° de los papeles viejos... Nada, nada.    corners / basket

### La visita de la chica

A la tarde, suena° el timbre°. De pronto veo ante mí a la chica, que se arroja° en mis    rings / bell / **se...** throws
brazos gritando con lágrimas en los ojos.    herself

    —¡Señorito, señorito! ¡Hemos ganado el gordo!

    Entonces tuve que hacer la cruel confesión; tuve que decirle que había perdido
el billete. Temí ver la duda y la desconfianza° en sus ojos, pero me equivocaba.    mistrust
Cuando la chica oyó la triste noticia, me miró con honda° ternura y dijo:    deep

    —Pues... no nacimos ni usted ni yo para ser ricos.

    Es verdad que nunca pude hallar° el décimo que me habría dado la riqueza° pero    find / wealth
en cambio hallé a la muchacha del pueblo a quien, despues de proteger y educar[1], di
la mano de esposo° y en quien he hallado la verdadera felicidad.    **di...** I married

## Tema de conversación

En grupos de tres o cuatro, hagan comentarios sobre lo siguiente: Si han comprado
billetes de lotería, ¿por qué o por qué no? Si han estado en un casino y si les gustan
los juegos de azar ( *gambling* ). ¿Creen Uds. que las personas que ganan la lotería re-
suelven todos sus problemas o pueden tener nuevos problemas?

## Desde el punto de vista literario

Comente usted...

1. ¿Quiénes son los personajes del cuento y cómo son?
2. ¿Cuál es el punto culminante del cuento?

## Composición

Ud. ha comprado ( *have bought* ) un billete de lotería y está haciendo planes. Diga
todo lo que va a hacer si gana "el gordo".

---

[1]**después...**  after becoming her guardian and looking after her education

# Pablo de la Torriente Brau _(Puerto Rico: 1901–1936)_

_Torriente Brau nació en Puerto Rico, pero vivió la mayor parte de su vida en Cuba. Aunque la obra narrativa de Pablo de la Torriente Brau tuvo un éxito desigual, se ven en ella los comienzos de un cuentista verdaderamente brillante. Sus escritos son ágiles, líricos a veces, y generalmente revelan un sano sentido del humor._

_Publicó once de sus narraciones en el libro_ Batey. _En 1940 se publicó su novela titulada_ Historia del soldado desconocido cubano.

## Vocabulario clave

**apenas**   barely
**avergonzado(a)**   ashamed
**el bolsillo**   pocket
**la cita**   date, appointment
**el (la) cobarde**   coward
**coger, agarrar**   to take, to grasp
**con cuidado, cuidadosamente**   carefully
**detrás (de)**   behind

**el dolor**   pain
**encender (e → ie)**   to turn on
**esconder(se)**   to hide (oneself)
**escuchar**   to listen (to)
**gritar**   to shout, to yell
**la rabia, furia**   rage, fury
**saltar**   to jump (over)

## Actividades de preparación

A. Busque en la columna B las respuestas a las preguntas de la columna A.

**A**
1. ¿Dónde pusiste el dinero?
2. ¿Dónde se escondió?
3. ¿Por qué gritó?
4. Iban con mucho cuidado, ¿no?
5. ¿Cuándo es la cita?
6. ¿Por qué está tan avergonzado?
7. ¿Cómo entró?
8. ¿Por qué enciendes la radio?
9. ¿Por qué le dijiste eso?
10. ¿Cogiste el dinero?

**B**
a. El martes.
b. Saltó la cerca.
c. Porque quiero escuchar música.
d. Porque tenía mucho dolor.
e. Porque me dio rabia lo que hizo.
f. Sí, porque apenas veían.
g. En mi bolsillo.
h. Porque actuó como un cobarde.
i. Sí, estaba en la mesa.
j. Detrás de la palma.

B. Al leer el cuento por primera vez, haga una lista de lo siguiente.

1. los acontecimientos (_events_)
2. los personajes del cuento y la relación que existe entre ellos

Al leer el cuento por segunda vez, fíjese en los pensamientos y en las emociones de los personajes.

C. Al leer el cuento, encuentre las respuestas a las siguientes preguntas.

1. ¿Dónde esperaba el hombre?
2. ¿Qué tenía en el bolsillo?
3. ¿Qué fue a hacer a la oficina del Ingeniero Jefe?
4. ¿Qué es lo que vio encima de la mesa?
5. ¿Qué decía el papel?
6. ¿Qué le hizo el hombre al Administrador?
7. ¿Cómo caminaba el hombre hacia la casa?
8. ¿Qué es lo que siente cuando está en la puerta?
9. ¿De qué manera entra en la casa?
10. ¿Sabía la mujer que era su esposo el que había entrado en la casa?
11. ¿Qué le dice la mujer al arrodillarse a su lado?
12. ¿Qué le contestó la mujer al Administrador en la nota?
13. ¿Qué le pasa al hombre al final?

# Último acto *(Adaptado)*

En el patio, entre las palmas, el hombre esperaba. La noche negra y silenciosa lo cubría todo. Su traje de *overall* azul oscuro lo convertía en sombra°. Sus brazos poderosos°, manchados por la grasa°, casi no se veían. Estaba inmóvil. Esperaba.

    Aquél era su patio y aquélla era su casa, pero en la medianoche llena de frío él esperaba. Dentro del bolsillo, su mano ruda° de hombre de las máquinas estrujaba° el papel, encontrado sobre una mesa de la oficina hacía apenas una hora, cuando fue a hablar con el Ingeniero Jefe. Había visto una carta dirigida° a su mujer, abandonada sobre la mesa, la había cogido y ahora estaba detrás de la palma, a la hora de la cita trágica. El papel decía: "Esta noche está de guardia° en la casa de máquinas tu marido y a las doce iré a verte..." Era el Administrador quien lo firmaba. Él sólo había tenido tiempo para correr a su casa y esconderse en el fondo° del patio. Todavía estaba lleno de sorpresa, de rabia y de humillación.

    Poco antes° de las doce apareció el otro. Con cuidados infinitos saltó la cerca°. Estuvo un rato escuchando los rumores de la noche, el estruendo° de su corazón precipitado°... (Desde detrás de la palma los ojos que lo espiaban° llegaron a esta conclusión: "Es un cobarde...") Fue avanzando con cuidado y llegó hasta la misma palma... Es extraño, pero no percibió al enemigo, y sin embargo°, sólo la palma los separaba.

    Fue todo muy rápido, eléctrico. La mano del hombre de las máquinas apretó su garganta°, dejándolo instantáneamente sin sentido°. El hombre de las máquinas, rudo y violento, no tuvo la paciencia que se había propuesto° y ahora estaba a su lado, contemplando su mano llena de sangre°. Así estuvo un rato inmóvil, cuando pensó: "Si no pude hablar con él, voy a hablar con ella". Se dirigió hacia° la casa. Iba con la silenciosa e invisible velocidad de un gato negro.

*(glosses, right margin)*

shadow
powerful / grease

rough / squeezed

addressed

de... on duty

back

**Poco...** A little before / fence
sound
rapid / were spying on

**sin...** nevertheless

throat / **sin...** unconscious
**se...** had intended to have
blood
**Se...** He went toward

Cerca de la puerta, se detuvo°. Un raro° miedo lo paralizaba. Por un momento sintió la extraña emoción perturbadora° de que él era en realidad el amante°, que era a él a quien ella esperaba.

Pero llegó a la puerta. Se puso a escuchar y no se oía nada. Hizo una suave° presión° sobre la puerta, pensando: "¡Lo esperaba!..." y la rabia le hizo abrir la puerta de un golpe...

Pero, antes de poder entrar, sintió el balazo° y la voz de ella que decía: "Canalla°, te lo dije..."

A su "¡Ah!" de dolor y de sorpresa siguió el silencio. Luego, cuando encendió la luz, él vio su cara llena de un dolor infinito. Estaba arrodillada° a su lado y decía: "¿Por qué, por qué?..." sin comprender nada todavía... Pero su rostro° comenzaba a ser alegre, alegre, como la cara de un niño que mejora°.

Más que el disparo°, la angustia° de la voz le disipaba todas las sospechas°. Avergonzado y feliz le dio el papel, sin decir una palabra. Y ella lo vio y le gritó: "¿Pero lo leíste todo? ¿Viste lo mío, lo que le contesté?" Y, desdoblando° el papel le dijo: "Mira, mira..."

El hombre leyó el papel que decía, con la letra de ella: "Canalla, si se atreve a venir, lo mato."

Y la cara del hombre se iba poniendo cada vez más pálida, pero cada vez era más alegre su sonrisa bajo el llanto inconsolable de la mujer arrodillada...

| | |
|---|---|
| se... stopped / strange | |
| disturbing / lover | |
| gentle | |
| pressure | |
| shot | |
| Scoundrel | |
| kneeling | |
| face | |
| is improving | |
| shot / anguish / suspicions | |
| unfolding | |

## Tema de conversación

En grupos de tres o cuatro, hagan comenterios sobre la falta de comunicación entre familiares y amigos y compañeros de trabajo. ¿Qué problemas trae esto? Den ejemplos. ¿Quiénes tienen más dificultad en comunicarse con otros: los hombres o las mujeres? ¿Qué creen ustedes?

## Desde el punto de vista literario

Comente Ud....

1. Estudiando con cuidado el uso de los adjetivos, diga cómo contribuyen éstos al ambiente del cuento "Último acto".
2. ¿Cómo logra el autor el suspenso en el cuento?
3. ¿Puede Ud. indicar dónde se encuentra el punto culminante del cuento?
4. ¿Puede Ud. indicar en qué consiste la ironía del cuento?

## Composición

Escriba uno o dos párrafos, explicando lo que un hombre y su esposa deben hacer para evitar una tragedia como ésta.

# Federico García Lorca   (España: 1898–1936)

*Federico García Lorca es uno de las poetas españoles más conocidos en todo el mundo. Su poesía combina lo popular con lo artístico, lo intelectual con lo intuitivo y lo tradicional con lo moderno. Crea así una poesía que es a la vez profundamente española y universal. Además de poeta, Lorca fue un gran dramaturgo, y tanto en su poesía como en su obra teatral el tema central es el amor violento y apasionado que conduce a la muerte. Entre sus libros de poesía más famosos figuran* Romancero gitano *(1928),* Poemas del cante jondo *(1931) y* Llanto por Ignacio Sánchez Mejías *(1935).*

## Actividades de preparación

A.  Lea los dos primeros versos de "Canción de jinete". ¿Qué tono establecen?

B.  Al leer el poema, encuentre las respuestas a las siguientes preguntas.

1.  ¿Adónde va el jinete?
2.  ¿Cómo describe Lorca el ambiente?
3.  ¿Por qué dice que nunca llegará a Córdoba?

# Canción de jinete°

Córdoba.
Lejana° y sola.

Jaca° negra, luna° grande,
y aceitunas° en mi alforja°.
Aunque sepa los caminos
yo nunca llegaré a Córdoba.

Por el llano°, por el viento,
jaca negra, luna roja.
La muerte° me está mirando
desde las torres° de Córdoba.

¡Ay qué camino tan largo!
¡Ay mi jaca valerosa°!
¡Ay que la muerte me espera,
antes de llegar a Córdoba!

Córdoba.
Lejana y sola.

(*De* Canciones)

*Glosses (right margin):*
rider
Far away
Mare / moon
olives / saddlebag
plain
death
towers
brave

## Tema de conversación

En grupos de tres o cuatro, hablen de lo siguiente: Si han hecho alguna vez un viaje que parecía interminable, ¿adónde iban? Si han tratado de hacer algo sabiendo que no iban a poder terminarlo y si han tenido alguna vez una premonición; ¿qué pasó?

## Desde el punto de vista literario

Comente usted...

1. ¿Cómo usa Lorca el ambiente para dar énfasis al tema de su poema? Dé ejemplos.
2. ¿Cuál es el estribillo del poema?

# Nicolás Guillén  *(Cuba: 1902–1989)*

*En la obra de Nicolás Guillén se ven tres direcciones fundamentales: la de la poesía negra, la de la poesía social y la neopopular de raíz folclórica. Su principal aportación técnica a la poesía es el* poema-son *inspirado en este motivo de la música popular cubana. Entre sus mejores libros de poemas pueden citarse* Motivos de son *(1930),* Sóngoro cosongo *(1931),* Cantos para soldados y sones para turistas *(1937),* Elegías *(1958) y* Antología mayor *(1964).*

## Actividades de preparación

A.  ¿Qué le sugieren a Ud. el título y la primera estrofa de este poema?

B.  Al leer el poema, encuentre las respuestas a las siguientes preguntas.

1.  ¿Qué le pregunta el poeta al soldado?
2.  ¿En qué se parecen el poeta y el soldado?
3.  Según el poeta, ¿dónde y en qué circunstancias se encontrarán él y el soldado algún día?

# No sé por qué piensas tú...

No sé por qué piensas tú
soldado° que te odio° yo,      soldier / hate
si somos la misma cosa°,      **la...** the same thing
yo,
tú.

Tú eres pobre°, lo soy yo;      poor
soy de abajo°, lo eres tú:      **de...** working class
¿de dónde has sacado° tú,      **de...** where did you get the
soldado, que te odio yo?          idea

Me duele que a veces tú
te olvides de quién soy yo;
caramba, si yo soy tú,
lo mismo que tú eres yo.

Pero no por eso yo
he de malquererte°, tú:      hate you
si somos la misma cosa,
yo,
tú,
no sé por qué piensas tú,
soldado, que te odio yo.

Ya nos veremos yo y tú,
juntos° en la misma calle,
hombro° con hombro, tú y yo,
sin odios ni yo ni tú,
pero sabiendo tú y yo,
a dónde vamos yo y tú...
¡No sé por qué piensas tú,
soldado, que te odio yo!

together
shoulder

(*De* Cantos para soldados y sones para turistas)

## Tema de conversación

En grupos de tres o cuatro, hablen sobre las experiencias que los seres humanos compartimos y que nos igualan a todos. ¿Cuáles son las más comunes? ¿De qué podemos disfrutar todos por igual, ricos o pobres? ¿Qué sentimientos compartimos todos?

## Desde el punto de vista literario

Comente Ud....

1. Teniendo en cuenta la métrica y la rima, ¿cómo clasifica Ud. los versos de este poema?
2. ¿Por qué es importante el uso de los pronombres *tú* y *yo*?
3. ¿Hay estribillo en el poema? ¿Cuál es?

# Capítulo 7

# *Hugo Rodríguez-Alcalá* *(Paraguay: 1917–    )*

*Hugo Rodríguez-Alcalá publicó sus dos primeros libros de poesía en 1939:* Poemas y Estampas de la guerra. *Este último influyó más tarde en la literatura de su país, evocadora de la Guerra del Chaco, librada° con Bolivia.*

waged

*Este escritor paraguayo ha publicado gran número de estudios literarios en revistas del norte y sur del continente a partir de 1950, pero la mayoría de sus libros han aparecido en México. Entre ellos figuran* Misión y pensamiento de Francisco Romero *(1959),* Ensayos de norte a sur *(1960),* Abril que cruza el mundo *(1960),* El arte de Juan Rulfo *(1965) y* Sugestión e ilusión *(1966).*

*Muchos de sus cuentos han sido publicados en periódicos argentinos y paraguayos. Su relato "El as de espadas", que presentamos a continuación, se inspira en un suceso de la historia política del Paraguay: el asesinato del presidente Gill en 1887.*

## Vocabulario clave

**la acera**   sidewalk
**el acuerdo**   agreement
**apuntar**   to aim
**el cuerpo**   body
**lento(a)**   slow

**el naipe, la carta**   playing card
**el paso**   step
**quemar**   to burn
**la venganza**   revenge
**vigilar**   to watch

### Actividades de preparación

A. Complete las siguientes oraciones con palabras del vocabulario.

1. El soldado _____ el rifle y disparó.
2. Los hombres estaban jugando a los _____.
3. La mujer caminaba por la _____.
4. Estaba enfermo y le dolía todo el _____.
5. Los presidentes firmaron el _____ entre los dos países.
6. No es rápido; es muy _____.
7. La policía estaba _____ la casa del criminal.
8. Elena rompió con su novio y _____ todas las cartas de él.
9. Dicen que la _____ es dulce (*sweet*).
10. Estoy muy cansada. No puedo dar un _____ más.

B. Ud. acaba de leer que este cuento se basa en un hecho histórico, que es el asesinato de una figura política. Al leer el cuento, busque lo siguiente: cómo se planea el asesinato, cómo se lleva a cabo y cuál es el resultado final.

C. Al leer el cuento, encuentre las respuestas a las siguientes preguntas.

1. ¿Qué sabemos de "Su excelencia" y qué imágenes usa el autor para presentarlo?
2. ¿Qué papel desempeña (*plays*) el naipe en el cuento?
3. ¿Para qué se reunían los amigos en la casa del narrador?
4. ¿Por qué era necesario tomar precauciones?
5. ¿Qué hicieron para decidir quién mataría a "Su excelencia" y a quién le tocó la suerte?
6. ¿Qué cosas hizo el narrador para preparar la huida (*escape*)?
7. ¿Qué pasó al día siguiente?
8. ¿Por qué decidieron que sería el narrador quien matara a "Su excelencia"?
9. ¿Qué día se reunieron otra vez los amigos para asesinar al presidente? ¿Qué pasó?
10. ¿Quién fue el único que se salvó y cuál fue la suerte de los otros?
11. ¿Cuántos años han pasado desde este suceso?
12. ¿Qué es lo único que lamenta el narrador?

# El as de espadas° (Adaptado)

—Ahí viene —les dije a mis amigos reunidos aquella tarde en mi casa. Y les señalé°, a través de la persiana entornada°, la obesa figura de nuestro enemigo. Con pasos lentos y pesados°, el hombre avanzaba solo por la calle ardiente de sol. Contra las blancas fachadas° de las casonas coloniales, destacaban su levita° negra y su sombrero de felpa. Su bastón° golpeaba secamente la caliente acera.

Eran las dos de la tarde. A aquella misma hora, todos los días, "Su excelencia" pasaba por mi casa camino del° palacio.

Me volví hacia el grupo de amigos parados detrás de la persiana. Éramos siete, y los siete, jóvenes. Los miré en los ojos y en ellos leí el mismo propósito.

Echaremos suertes° —dije en voz baja—. Y mañana a esta misma hora alguien le hará fuego° desde aquí. Pero debemos tomar precauciones, porque la policía nos vigila constantemente.

—Aprobado —contestaron mis amigos.

Decidimos que aquél a quien le tocara el as de espadas sería el que disparara el tiro. La suerte le tocó a Fermín Gutiérrez. Cuando Fermín Gutiérrez vio que su naipe era el as de espadas, palideció°.

—Está bien —dijo—. Mañana a las dos.

Y en seguida todos se fueron. Yo me quedé en casa limpiando el viejo fusil° de mi padre y quemando cartas y papeles. Después salí en busca de un hombre de confianza a quien le pedí que me tuviera listos siete buenos caballos frente a la puerta del café Libertad. Fui luego a la casa de un amigo y le pedí que me esperara con dos carabinas en su bote a las dos y cuarto del día siguiente.

Regresé a mi casa, me acosté y traté de leer, pero no pude concentrarme en el libro.

as... ace of spades

pointed
persiana... half-closed shutter / heavy
façades / frock coat
cane

camino... on his way to

Echaremos... We'll cast lots / le... will shoot

became pale

rifle

A la una y media en punto llegaron mis amigos. Gutiérrez estaba lívido. Todos estaban nerviosos, menos yo. Yo sentía una alegría rabiosa e impaciente. Le di el fusil a Gutiérrez, que comenzó a cargarlo° con manos inseguras. Después, esperamos. Hacía un calor terrible aquella tarde. De pronto se oyeron unos pasos lentos en la acera de enfrente. Era él.

*load it*

Gutiérrez colocó el fusil entre dos de las maderas de la persiana y apuntó. En ese momento pudimos ver de lleno° la cara del hombre obeso, que miraba hacia el balcón de mi casa. Gutiérrez retrocedió un paso, bañado en sudor°, y dijo, en voz muy baja e intensa:

**de...** *in full*
*sweat*

—No, no puedo; no puedo hoy.

Nos separamos los siete amigos con la promesa de encontrarnos todos al día siguiente a la misma hora, en mi casa, y con el acuerdo unánime de que sería yo y no Gutiérrez el que dispararía el fusil. El hombre de los caballos y el hombre del bote recibieron nuevo aviso.

Al día siguiente, a la una y media en punto, volvieron mis amigos. Media hora después se oyeron los pasos lentos de "Su excelencia" sobre la acera de enfrente. Cuando vi su cuerpo enorme, disparé. El hombre se desplomó° hacia adelante y cayó sobre su vientre°.

**se...** *fell*
*abdomen*

Yo llegué al galope a la playa del río donde el bote me esperaba y me puse a salvo. A mis espaldas, la ciudad estaba llena de estampidos°. Mis amigos fueron alcanzados por los carabineros y muertos a tiros°. Sí, de los siete, sólo yo me salvé.

*shots*
**muertos...** *shot to death*

Han pasado veinte y cinco años, pero, como si el día de mi venganza fuera ayer, ¡todavía hoy lamento que aquel cerdo obeso no hubiera visto al caer que fui yo, y nadie más que yo, el que le hizo fuego°!

**le...** *shot him*

## Tema de conversación

En grupos de tres o cuatro, hablen de lo siguiente. La violencia, ¿se justifica en algunos casos? ¿En cuáles? Den ejemplos.

## Desde el punto de vista literario

Comente usted...

1. ¿Desde qué punto de vista está contado el cuento? ¿Qué logra el autor con esta técnica?
2. ¿Cuál es el tema principal del cuento? ¿Hay subtemas?
3. ¿Por qué es irónico el final del cuento?

## Composición

Imagínese usted que el protagonista no puede matar a "Su excelencia". Escriba un párrafo o dos dándole al cuento un final diferente.

# Olga Ramírez de Arellano    *(Puerto Rico: 1911–      )*

*Olga Ramírez de Arellano cursó sus estudios universitarios en la Universidad de Puerto Rico especializándose en historia y en literatura española.*

*Ha publicado numerosos libros de poemas y ha recibido un gran número de premios, entre ellos el del Instituto de Literatura Puertorriqueña. Se destaca también en el campo de la prosa. En el año 1967 recibió el premio del Club Cívico de Damas por su libro* Diario de la montaña.

## Vocabulario clave

**amable, atento(a)**   kind, polite
**colocar**   to place
**cuidadosamente**   carefully
**equivocarse**   to be mistaken
**fastidiar**   to annoy, to vex
**flaco(a)**   skinny
**gravemente**   seriously
**gritar**   to scream
**hacia atrás**   backwards
**hielo**   ice

**junto a**   next to
**la lucha**   struggle, fight
**la muerte**   death
**la niebla**   fog, mist
**la nube**   cloud
**el polvo**   powder, dust
**saltar**   to jump
**suplicar, rogar (o → ue)**   to beg
**el temor**   fear
**tragar**   to swallow

## Actividades de preparación

A. ¿Qué palabra o palabras corresponden a lo siguiente?

1. rogar
2. atento
3. cometer un error
4. seriamente
5. lo opuesto de vida
6. dar un salto
7. con cuidado
8. poner
9. muy delgado
10. miedo
11. agua en estado sólido
12. cerca de
13. lo opuesto de *hacia adelante*
14. dar gritos
15. causar fastidio

B. Este cuento gira alrededor de ciertos temores que siente la protagonista, y a los que considera sus "adversarios". ¿Cuáles son algunas fobias que tienen ciertas personas que les impiden vivir normalmente?

C. Al leer el cuento, encuentre las respuestas a las siguientes preguntas.

1. ¿Qué sabía la protagonista que tenía que hacer y por qué?
2. ¿Qué opinión tenía la narradora de los aviones?
3. ¿Por qué no bebe ella el licor que le ofrece su compañera de viaje?
4. ¿Qué dice la narradora sobre el vino?
5. ¿Por qué le ofrece penicilina su compañera de asiento?
6. ¿Qué efectos le causa la penicilina a la protagonista?
7. ¿Cuántos adversarios tiene la narradora y a cuáles considera los más peligrosos?
8. ¿Cómo va vestida la compañera de asiento de la protagonista?
9. ¿Con quién la compara y qué es lo único que desea que ella haga?
10. ¿Con quién habla la "pelona" mientras bebe?
11. ¿Qué nota la protagonista cuando su compañera de asiento se queda dormida?
12. ¿Qué cosas piensa la narradora que tiene postizas su vecina de asiento?
13. ¿Qué teme la protagonista que pase si su compañera se despierta?
14. ¿Qué hace la protagonista cuando el avión va a aterrizar?
15. ¿Qué piensa de la pelona el caballero?
16. ¿Qué pasa cuando uno de los camareros trata de despertar a la pelona?

# El adversario

Sabía que no me quedaba más remedio°. Tenía que penetrar en su interior y hacer el viaje dentro de él. Por fuerza me veía obligada. Mi madre estaba recluida° en un hospital de Nueva York, gravemente enferma. Él me llevaría más rápido que ninguna otra máquina, a menos que decidiese romperse° en las nubes nada más que para fastidiarme. Eso es lo terrible de estos artefactos, no tienen alma°, no sienten. Lo mismo le hubiese dado desbaratarse y destruirme°.

Junto a mí, una joven señora me preguntó:

—Está nerviosa... ¿verdad?

—Claro... una nunca sabe...

—¿Whisky?

—Sí, puro°... Así, sin agua, solamente un poco de hielo.

Yo tomé el vaso pero no bebí. El licor y yo somos enemigos igual que el avión y yo. El licor me produce extrañas reacciones de profundas alergias como es el sentir súbitamente°, después de un trago°, una mano feroz que me aprieta° detrás de las orejas°. Ya que° iba por fuerza en brazos de un enemigo... ¿cómo, por todos los santos°, me iba a tragar otro? ¡Imposible! ¡Imposible!

La señora insiste bondadosamente° en que ingiera° a mi adversario. Deseo explicarle. Ella no entiende. Dice que eso es mental. Hay que dominar° la mente. ¡Qué absurdo! No es mental, es puramente fisiológico. Ella pide para mí una copita° de vino. ¡Santa Marta! El vino representa, no ya un enemigo, sino el más ensañado° criminal.

no... I had no other alternative / estaba... was a patient

to break down

soul

Lo... It could just as soon have crashed and destroyed me

straight

suddenly / drink / me... presses / ears / Ya... Since

por... in heaven's name
kindly / I should swallow
master
small glass
cruel

—Señora, perdone... no puedo... Le suplico que no insista. Además me duele la garganta°, no me siento bien.

—Pero eso se arregla° inmediatamente. Tengo unas pastillas° aquí de penicilina. Son estupendas. Se curará tan maravillosamente bien que no va a sentir ya nada más... Usted tiene fiebre... Puedo notarla por encima de su manga°. Está hirviendo°.

Saca los comprimidos° y me los da. Idiotamente extiendo la mano para tomar a mi tercer adversario. Lo miro cuidadosamente, con terror, como quien mira la muerte. Son amarillos, el color de la muerte. Por mi mente° pasa el recuerdo° de la primera y única vez que tomé esta sustancia por prescripción de un facultativo°. En aquella ocasión perdí el habla°, aunque no la conciencia. Hubiese sido mejor perder la conciencia porque me hubiese ahorrado la agonía de la lucha. Recuerdo las primeras convulsiones y como en una niebla, los rostros espantados° de los seres que amo° tratando de llegar a mí, a mi desesperación, en un esfuerzo por salvarme; y yo sintiéndome sumergir° sin remedio en un pozo° oscuro de asfixia y terror.

La señora me dice, desilusionada:

—¿Pero... no las va a tomar? Aquí está el agua. Ande°, verá que luego no sufrirá ya más. No sea tímida... Yo la miro lentamente y sé, sin lugar a dudas°, que esta amable y diligente compañera de viaje es mi cuarta y peor enemiga, la suma de todos mis adversarios, el más encarnizado°, el más temible°. En sus verdes ojos veo retratada a la pelona°. La pelona lleva un elegante vestido, zapatos de piel° de cocodrilo y un broche de brillantes y zafiros en la solapa°. La pelona toma su whisky con cierto deleite°. Me observa. Husmea°. Me ofrece sus atenciones con una delicadeza° de tigre a punto de° saltar. Y todo el tiempo sonríe, sonríe, sonríe...

Estoy en guardia. En mis dedos°, disimuladamente°, trituro° las pastillas. Polvo amarillo mancha° mis dedos. El vaso con el whisky, que había colocado en el asiento junto a mí, humedece° mi falda. Pero no me arriesgo° a moverme, ni a llamar a la azafata° para que lo tome, ni a hacer un gesto que la obligue a desviar° otra vez su atención hacia mí. No quiero que se le vaya a ocurrir otra maquinación. Que se olvide que existo. Que se olvide que me tiene a su lado°.

Transcurre el tiempo lento, demasiado lento. ¡Quién pudiera acelerar el tiempo! Ella continúa bebiendo. Habla con el caballero° de la derecha. Le ofrece cigarrillos que él acepta cortésmente. Al rato, por el rabo del ojo° la veo que inclina la cabeza hacia atrás. Parece dormir. Ahora la puedo mirar sin temor. ¡Si es viejísima° y parecía joven! Miles de pequeñísimas arrugas° le circundan° los ojos por debajo de los afeites° y en el cuello° tiene un doble mentón° que parece una pomarrosa° arrugada. Las pestañas° son postizas. Encuentro su rostro realmente fascinante y no puedo dejar de contemplarlo°. Los párpados°, pintados de verde, se ven espesos°, densos. Su nariz, respingada° y gruesa, no parece respirar. La boca es una línea apenas perceptible, larga y fina. Antes no me había fijado, pero no advierto° en esos labios vitalidad; se notan como inertes°. Sobre la frente cae un mechón de pelo° teñido°. Pero me equivoco. Es una peluca°. Puedo ver exactamente el punto tejido° de donde arrancan los cabellos postizos. ¿Será también postiza la piel? ¿Serán también postizos los ojos debajo de los gruesos párpados? Debajo del ultramoderno vestido... ¿Habrá solamente un esqueleto? Las manos son horribles. Parecen guantes. Mucho más blancas que la máscara del rostro. Sus largas y flacas piernas me cierran el paso° ya que estoy del lado de la ventanilla. Estoy atrapada°. Si me levanto la despierto y se volverá contra mí°. Lo sé. Mejor es que duerma, mejor es que duerma eterna-

---

throat

se... can be fixed / pills

sleeve / boiling (hot)

pills

mind / memory

doctor

speech

frightened

seres... my loved ones

sinking / deep hole

Go ahead

sin... without a doubt

cruel / feared

death / skin

lapel

pleasure / She smells

shrewdness / a... on the verge of / fingers / on the sly / crush / stains

wets / risk

stewardess / to switch

a... next to her

gentleman

por... through the corner of my eye / Si... Why she's very old / wrinkles / surround / make-up / neck / chin / rose apple / eyelashes / false

dejar... stop staring at it / eyelids / thick / turned up

notice

paralyzed / mechón... lock of hair / dyed / wig / woven

me... block my way

trapped / se... will turn against me

mente. ¿No es ella eso mismo, una eternidad oscura, una terrible y espantosa° sombra°? En mi pensamiento le suplico que duerma. La siento hacer un ruido extraño y noto que su cutis° se ha tornado verdoso°. Tiemblo. ¡Que no despierte! Grito estas palabras dentro de mí una y mil veces. El grito quiere salir y exteriorizarse, pero lo mantengo oculto° para que no me delate° la cobardía°, la íntima e impotente pequeñez°. Si sabe que le temo ganará más pronto el duelo, el terrible e ineludible° duelo final...

En el fondo del avión se iluminan las letras que ordenan abrochar los cinturones de seguridad° y el jet desciende rápido por entre las nubes. Abajo está Nueva York bajo un espléndido sol de primavera. Estoy a punto de llegar a mi salvación. Rezo°... No sé lo que rezo... Aterrizamos°...

Me suelto° el cinturón y quiero salir de mi asiento, pero la pasajera continúa dormida. Todos los otros están de pie. Se visten sus gabanes°, sus abrigos. Buscan sus pertenencias°. El caballero de la derecha dice refiriéndose a la durmiente:

—Parece que ha cogido una turca°. Nunca he visto una mujer tomar tanto en tan corto tiempo.

Yo le suplico:

—Señor... ¿puede darme la mano y ayudarme a salir?

Él, muy gentil°, lo hace. Se coloca detrás de mí en el pasadizo° entre los asientos. De pronto uno de los camareros cerca de nosotros trata de despertar a la pasajera. Al ver que no contesta la zarandea° suavemente° por un hombro. La mujer cae de lado°, inerte, en el asiento que yo acabo de abandonar. El empleado le toma el pulso, la mira asombrado° y dice:

—Esta señora está muerta.

## Tema de conversación

En grupos de tres o cuatro, discutan lo siguiente: ¿Cómo se puede ayudar a las personas que tienen ciertos temores o fobias? ¿Por qué creen Uds. que existen estos temores? ¿Creen Uds. que algunos vienen desde la niñez? ¿Pueden dar ejemplos?

## Desde el punto de vista literario

Comente Ud....

1. ¿Desde qué punto de vista está narrado el cuento?
2. ¿Cómo es el lenguaje que usa la autora?
3. ¿Es importante la descripción que hace la autora de la "pelona"? ¿Por qué?
4. ¿Cree Ud. que el cuento tiene un final irónico? ¿Por qué?

## Composición

Escriba una composición sobre el siguiente tema: Mis temores.

1. Señale cuáles son sus temores y qué efectos tienen en su vida.
2. Diga lo que Ud. ha tratado de hacer para vencer estos temores.

## Juan Ramón Jiménez   *(España: 1881–1958)*

*Juan Ramón Jiménez nació en Moguer. Su poesía, al evolucionar, pasa de lo subjetivo senti-*
*mental a lo objetivo y finalmente a lo filosófico metafísico, en su búsqueda de la "poesía pura".*
*Su mayor preocupación es la estética. Su obra es muy numerosa y el poeta trata constante-*
*mente de depurarla°. Merecen citarse entre sus obras más importantes* Poesías escojidas[1]        purify it
*(1917),* Segunda antolojía poética *(1922),* Canción *(1936) y* Tercera antolojía. *Una*
*de sus obras más logradas es un libro de prosa poética titulado* Platero y yo *(1914). En*
*1956, recibió el Premio Nobel de Literatura.*

## Actividades de preparación

A. Fíjese en el título del poema. ¿Qué le sugiere a Ud.? El poeta habla sobre
las cosas que él dejará y que son importantes para él. ¿Cuáles son las cosas
que son importantes para Ud. y qué le sería difícil dejar?

B. Al leer el poema, encuentre las respuestas a las siguientes preguntas.

1. Según el poeta, ¿qué quedará después de su muerte?
2. ¿Qué pasará todas las tardes?
3. ¿Quedará algo del poeta en el lugar que tanto ama?
4. ¿Cuáles son las cosas que el poeta ama?

# El viaje definitivo

...Y yo me iré. Y se quedarán los pájaros° cantando;                    birds
Y se quedará mi huerto°, con su verde árbol,                             orchard
y con su pozo° blanco.                                                   well
    Todas las tardes, el cielo será azul y plácido;
y tocarán°, como esta tarde están tocando,                              will ring
las campanas del campanario°.                                           bell tower
    Se morirán aquéllos que me amaron;
y el pueblo° se hará nuevo cada año;                                    town
y en el rincón° aquel de mi huerto florido y encalado°,                corner / whitewashed
mi espíritu errará° nostáljico...                                       will wander
    Y yo me iré; y estaré solo, sin hogar°, sin árbol   home
verde, sin pozo blanco,
sin cielo azul y plácido...
Y se quedarán los pájaros cantando.
                (*De* Segunda antolojía poética)

---

[1]Juan Ramón Jiménez usaba la *j* en vez de la *g*.

## Tema de conversación

Dicen que para meditar necesitamos transportarnos imaginariamente a un lugar ideal. En grupos de tres o cuatro, hablen de cómo sería ese lugar para cada uno de ustedes.

## Desde el punto de vista literario

Comente Ud....

¿En qué forma expresa el poeta la idea de que después de su muerte la vida continúa?

# Daisy Zamora   (Nicaragua: 1950–     )

*La poesía de Daisy Zamora tiene gran influencia de los grandes poetas nicaragüenses. Uno de los temas principales de sus poemas es la vida de la clase trabajadora. En su poesía se ve su experiencia revolucionaria y su gran sensibilidad. El poema "Canto de esperanza" refleja el sufrimiento de su país dividido por la guerra. Otros temas de su poesía son la flora y la fauna de Nicaragua y las alegrías y las penas de la maternidad. El poema que se presenta a continuación es de su libro* La violenta espuma *(1968–1978).*

## Actividades de preparación

A. Teniendo en cuenta que este poema está dedicado a la esperanza, ¿qué imágenes le sugieren las siguientes palabras: *campos verdes, tierra negra, aves?*

B. Al leer el poema, encuentre las respuestas a las siguientes preguntas.

1. ¿Cómo estarán algún día los campos?
2. ¿Cómo será la tierra?
3. ¿Cómo serán los hijos?
4. ¿Cuál es la realidad actual?

# Canto de esperanza

Algún día los campos° estarán siempre verdes — fields
y la tierra° será negra, dulce y húmeda. — earth
En ella crecerán° altos nuestros hijos — will grow
y los hijos de nuestros hijos...

Y serán libres° como los árboles° del monte — free / trees
y las aves.

Cada mañana se despertarán felices de poseer la vida
y sabrán que la tierra fue reconquistada para ellos.

Algún día...

Hoy aramos° los campos resecos° — we plow / dry
Pero cada surco° se moja° con sangre. — furrow / se... is soaked
                    (*De* La violenta espuma)

## Tema de conversación

En pequeños grupos, hablen de cómo creen que será la vida de Uds. en el futuro. ¿Qué cosas esperan lograr? ¿Qué tendrán que hacer para lograrlas? ¿Cómo es la vida de Uds. ahora?

## Desde el punto de vista literario

Comente Ud....

1. ¿Cuál es el tema principal del poema?
2. ¿Qué otros temas puede encontrar?

# Capítulo 8

# *Julio Camba* *(España: 1882–1962)*

*Julio Camba, escritor de estilo satírico y humorístico, publicó numerosos artículos en los cuales da sus impresiones sobre la vida y la cultura de los distintos países que visitó.*

*El artículo que ofrecemos a continuación pertenece al libro de ensayos* La rana viajera. *Otros libros del autor son* Alemania *(1916),* Londres *(1916),* Aventuras de una peseta *(1923),* La casa de Lúculo o el arte de comer *(1929),* La ciudad automática *(1932),* Haciendo de república *(1934),* Mis páginas mejores *y* Millones al horno.

## Vocabulario clave

**así**   like that, like this
**la barba**   beard
**cumplir**   to turn (. . . years)
**el derecho**   right
**disponer de**   to have available

**distraído(a)**   absent-minded
**la juventud**   youth
**más bien**   rather
**los medios**   means
**sin embargo**   however

## Actividades de preparación

A. Encuentre en la columna B las respuestas a las preguntas de la columna A.

| A | B |
|---|---|
| 1. ¿Cuántos años tiene? | a. No, no dispongo de tiempo. |
| 2. ¿Carlos te vio? | b. Sí, y bigote. |
| 3. ¿Vienes a verme? | c. No, estaba muy distraído. |
| 4. ¿Vas a comprar una casa? | d. De los derechos humanos. |
| 5. ¿Tiene barba? | e. Es más bien bonita. |
| 6. ¿Nació en Madrid? | f. Va a cumplir diez. |
| 7. ¿Cómo es ella? | g. Así. |
| 8. ¿Cómo tengo que hacerlo? | h. Sí, y sin embargo gana poco. |
| 9. ¿De qué hablaste? | i. Sí, pero pasó su juventud en Cádiz. |
| 10. ¿Trabaja mucho? | j. No, no tengo los medios necesarios. |

B. ¿Cuáles cree Ud. que son las ventajas y las desventajas de la vejez? Haga una lista de ellas antes de leer el ensayo.

C. Al leer el cuento, encuentre las respuestas a las siguientes preguntas.

1. ¿Cuántos años acaba de cumplir el autor?
2. ¿Por qué está sorprendido?
3. Según Camba, ¿por qué viven tanto los hombres modernos?
4. ¿Qué pensaba Camba de los viejos cuando era joven?
5. ¿Qué es un septuagenario?
6. ¿Cuáles son los privilegios de los que disfruta el autor?
7. Si estuviera en la China, ¿qué podría ya hacer el autor?
8. Según el autor, ¿qué clase de sastre no hay todavía?

# Un cumpleaños *(Selección adaptada)*

Acabo de cumplir setenta años y no salgo de mi sorpresa. Jamás creí que llegara un día a cumplirlos. Cuando yo era joven, había pocos hombres de setenta años en el mundo. Los hombres de setenta años, consecuencia directa de las vitaminas, de los antibióticos, y de tantas otras cosas, son una creación exclusivamente moderna y constituyen la última palabra en cuestión de hombres. De aquí el que, en mi juventud, los pocos hombres de setenta años con que yo tropezaba° no se hayan aparecido nunca como individuos de mi misma naturaleza, sino más bien como raros ejemplares de una especie próxima a extinguirse y completamente diferente de la mía.

    ¿Es que habían venido al mundo ya viejos y con barbas blancas? ¡Vaya usted a saber°! Quizás sí. Quizás hubieran venido así al mundo, aunque mucho más pequeños, como es natural, y quizás hubiera sido de esa forma como las niñeras° los habían llevado en brazos por el Retiro[1] o por donde fuera. Nunca me paré a considerar estos detalles, pero yo creía firmemente que los viejos habían sido viejos toda la vida y que los jóvenes no teníamos absolutamente nada que ver con ellos.

    Sin embargo, poco a poco, yo voy avanzando en edad y cuando más distraído estoy, me encuentro convertido nada menos que en un septuagenario, palabra terrible tanto por su forma como por su contenido. Sí, señores. Yo soy un septuagenario y, si las cosas continúan como hasta ahora puede ser que llegue al octogenariado, donde ya me esperan, desde hace mucho, algunos amigos muy queridos. No tengo barbas, porque los septuagenarios de ahora no se las dejan. Tampoco tengo familia ni dinero. Lo único de que disfruto° es de ciertos privilegios como, por ejemplo, el que se me ceda° siempre el primer turno ante una puerta giratoria° para que sea yo quien la empuje, y de algunos achaques°, y digo que disfruto de estos achaques porque, ¿qué sería de mí sin ellos? ¿Qué sería del pobre señor que no está en edad ni dispone de medios para hacer grandes comilonas o irse de juerga° por ahí si no tuviese un hígado° o un riñón° que exigieran cuidados determinados y le ayudaran a estar en casa las largas noches del invierno?

    En fin, el caso es que yo acabo de cumplir lo que llamaré mis primeros setenta años y que aquí me tienen ustedes aún. En la China podría ya, con perfecto derecho, ponerme la túnica amarilla de los ancianos, pero, ¿qué haría, yo, disfrazado° de canario, por las calles de este Madrid? Mejor será tal vez, próximos ya los grandes fríos, que vaya pensando en volver del revés° mi gabán° de invierno, ya que, de momento, no hay sastres° que puedan volver del revés a un viejo para prolongar su duración una temporadita más°...

## Tema de conversación

En pequeños grupos, hablen de las personas mayores de setenta años que Uds. conocen. ¿Cómo son? ¿Disfrutan de la vida? ¿Qué actividades tienen? ¿Cómo reaccionan ante los problemas de su edad? ¿Cómo creen que van a ser Uds. cuando sean septuagenarios?

*Glosses (right margin):*

**on...** I came in contact with

**Vaya...** Who knows?
nannies

enjoy
yield / **puerta...** revolving door / old age symptoms

**irse...** paint the town red
liver / kidney

disguised

**volver...** to turn inside out / coat / tailors
**una...** a little while longer

---

[1]El Parque del Buen Retiro is the main park of Madrid.

## Desde el punto de vista literario

Comente usted...

Analice este ensayo, teniendo en cuenta lo siguiente:

1. los temas y subtemas
2. el lenguaje
3. el propósito del autor

## Composición

Escriba una composición sobre el siguiente tema: La relación especial que existe entre los abuelos y los nietos.

# *Armando Palacio Valdés*  (España: 1853–1938)

*Armando Palacio Valdés nació en Asturias, España, y fue uno de los grandes escritores españoles del siglo XIX. Su producción literaria fue muy extensa y comprende novelas y cuentos naturalistas y realistas. Entre sus novelas se destacan* Marta y María *(1883), de tipo regionalista;* Riverita *(1886), de atmósfera madrileña;* La hermana San Sulpicio *(1889), su novela más popular que capta la gracia andaluza;* La espuma *(1891) y muchas otras. El cuento que presentamos pertenece a su colección* Aguas fuertes. *Sus temas principales son de tipo religioso, psicológico y filosófico.*

## Vocabulario clave

**el (la) asesino(a)**   murderer
**boca arriba**[1]   face up
**bondadoso(a)**   kind
**borracho(a)**   drunk
**despedirse (de) (e → i)**
    to say good-bye
**fiarse (de), confiar (en)**   to trust
**el fósforo, la cerilla**   match

**el golpe**   blow
**el (la) ladrón(ona)**   burglar, thief
**oscuro(a)**   dark
**pasear**   to go for a walk
**pesado(a)**   heavy
**¡socorro!, ¡auxilio!**   help!
**solía +** *infinitivo*   used to + *infinitive*
**el (la) viudo(a)**   widower, widow

## Actividades de preparación

A. ¿Qué palabra o palabras corresponde(n) a lo siguiente?

1. mujer cuyo esposo ha muerto
2. fósforo
3. ¡auxilio!
4. persona que roba
5. persona que mata con premeditación
6. lo opuesto de boca abajo
7. bueno
8. decir adiós
9. lo opuesto de claro
10. persona que bebe mucho alcohol
11. confiar
12. que pesa mucho
13. ir a caminar

B. Lea el título del cuento y el breve diálogo con que comienza. El protagonista dice que es un asesino. Contraste esta confesión con la descripción de su personalidad. Trate de predecir las circunstancias que lo llevan a cometer un crimen.

C. Al leer el cuento, encuentre las respuestas a las siguientes preguntas.

1. ¿Cómo es la personalidad de don Elías?
2. ¿Cómo era la vida de don Elías en Oviedo?
3. ¿Qué sabemos de doña Nieves?
4. ¿Qué ideas pasaron por la imaginación de don Elías al recibir el primer golpe?

[1]**boca abajo**   face down

5. ¿Qué hacían y decían los hombres que lo atacaron?
6. ¿Qué hizo don Elías para defenderse?
7. ¿Qué vio don Elías cuando encendió el fósforo?
8. ¿Qué hizo cuando el guardia le habló?
9. ¿Qué hizo cuando llegó a su cuarto y adónde fue después?
10. ¿Cómo pasó la noche?
11. ¿Cuál es una mala costumbre que tienen los enfermeros del Hospital Provincial?
12. ¿Qué habían hecho los locos la noche del "crimen"?

# El crimen de la calle de la Perseguida
## (Adaptado)

—Aquí donde usted me ve, soy un asesino.

—¿Cómo es eso, don Elías? —pregunté riendo, mientras le llenaba la copa de cerveza.

Don Elías es el hombre más bondadoso, más sufrido° y disciplinado que tiene la Compañía de Telégrafos.      *long suffering*

—Sí, señor...; hay circunstancias en la vida...; llega un momento en que el hombre más pacífico...

—A ver, a ver; quiero que me cuente usted eso —dije ya lleno de curiosidad.

—Fue en el invierno del setenta y ocho. Yo vivía en Oviedo con una hija casada. Mi vida era demasiado buena: comer, pasear, dormir. Algunas veces ayudaba a mi yerno°, que está empleado en el Ayuntamiento°.      *son-in-law / City Hall*

Cenábamos invariablemente a las ocho. Después de acostar a mi nieta, que entonces tenía tres años y hoy es una hermosa muchacha, me iba a visitar a doña Nieves, una señora viuda que vive sola en la calle de la Perseguida, en una casa grande, antigua, de un solo piso, con portal° oscuro y escalera de piedra. Yo solía ir a las nueve y media y acostumbraba a quedarme hasta las once o las doce.      *entry*

Cierta noche me despedí, como siempre, a esa hora. Doña Nieves, que es muy económica, no ponía luz alguna para alumbrar° la escalera y el portal. Cuando yo salía, la criada° alumbraba con el quinqué° de la cocina desde arriba. En cuanto yo cerraba la puerta del portal, ella cerraba la del piso y me dejaba casi en tinieblas°, porque la luz que entraba de la calle era muy poca.      *to light*    *maid / lamp*    *darkness*

Al dar el primer paso°, sentí un fuerte golpe con el que me metieron el sombrero hasta las narices°. El miedo me paralizó y me dejé caer contra la pared. Creí escuchar risas y un poco repuesto° del susto me quité el sombrero.      *step*    **hasta...** *down to my nose*    **un...** *after overcoming*

—¿Quién va? —dije, dando a mi voz acento formidable y de terror.

Nadie respondió. Pasaron por mi imaginación rápidamente varias ideas. Temí que trataran de robarme o que quisieran divertirse a mi costa. Decidí salir inmediatamente porque la puerta estaba libre. Al llegar al medio del portal, me dieron un fuerte golpe en las nalgas° con la palma de la mano, y un grupo de cinco o seis hombres cubrió al mismo tiempo la puerta.      *buttocks*

—¡Socorro! —grité. Los hombres comenzaron a brincar° delante° de mí, ges-    jump / in front
ticulando de modo extravagante. Mi terror había llegado al colmo°.    utmost

—¿Adónde vas a estas horas, ladrón? —dijo uno de ellos.

—Va a robar un muerto. Es el médico —dijo otro. Pensando que estaban borrachos, exclamé con fuerza:

—¡Fuera, canallas°! Dejadme paso o mato a uno. —Al mismo tiempo levanté el    scoundrels
bastón° de hierro°.    cane / iron

Los hombres, sin hacerme caso, siguieron bailando y gesticulando. Pude obser-
var con la poca luz que entraba de la calle que ponían siempre por delante° a uno    por... in front
más fuerte, detrás del cual los otros se protegían.

—¡Fuera! —volví a gritar, moviendo el bastón.

—Ríndete°, perro —me respondieron, sin detenerse en su baile fantástico. Ya    Surrender
no tuve duda: estaban borrachos. Por esto y porque vi que no tenían armas, me tran-
quilicé relativamente. Bajé el bastón y, tratando de dar a mis palabras acento de autoridad, les dije: ¡Fuera!

—¡Ríndete, perro! ¿Vas a chupar° la sangre de los muertos? ¿Vas a cortar alguna    suck
pierna? ¡Saquémosle un ojo! ¡Cortémosle la nariz! —Al mismo tiempo avanzaron más
hacia mí. Uno de ellos, no el que venía delante, sino otro, extendió el brazo por
encima° del brazo del primero y me dio un fuerte tirón° en la nariz que me hizo gritar    over / pull
de dolor. Me separé un poco de ellos y, levantando el bastón, lo dejé caer con ira sobre
el que venía delante. Cayó pesadamente sin decir "¡ay!". Los demás huyeron°.    ran away

Miré al herido° para ver si se movía. Nada: ni el más leve° movimiento. En-    the wounded person / slight
tonces me vino la idea de que pude matarlo. El bastón era realmente pesado. Con
mano temblorosa, saqué un fósforo y lo encendí.

No puedo describirle lo que en aquel instante pasó por mí. En el suelo, boca
arriba, estaba un hombre muerto. ¡Muerto, sí! Claramente vi la muerte en su cara
pálida. Lo vi sólo un momento, pero la visión fue tan intensa que no se me escapó
un solo detalle. Era grande, de barba negra; vestía camisa azul y pantalones de color.
Parecía un obrero°.    laborer

Vi entonces con perfecta claridad lo que iba a ocurrir. La muerte de aquel hombre, comentada en seguida por la ciudad; la Policía arrestándome, la preocupación
de mi familia; luego la cárcel°; las dificultades de probar que había sido en defensa    jail
propia; el fiscal° llamándome asesino...    district attorney

Corrí hasta la esquina° y, sin hacer el menor ruido° caminé hasta mi casa,    corner / noise
tratando ahora de andar despacio. En la calle de Altavilla, cuando ya me iba sere-
nando°, se me acercó un guardia del Ayuntamiento:    calming down

—Don Elías, ¿puede usted decirme...?

No oí más. El salto que di fue tan grande, que me separé algunos metros del
policía. Luego, sin mirarlo, corrí desesperada, locamente por las calles.

Llegué a las afueras° de la ciudad y allí me detuve. ¡Qué barbaridad había he-    outskirts
cho! Aquel guardia me conocía. Pensaría que estaba loco; pero a la mañana siguiente, cuando se tuviera noticia del crimen, sospecharía de mí y se lo diría al juez°.    judge

Aterrorizado, caminé hacia mi casa. Al entrar se me ocurrió una idea magnífica.
Fui a mi cuarto, guardé el bastón de hierro en el armario y tomé otro de junco° que    rush
tenía. Decidí ir al casino. Allí me encontré con unos cuantos amigos. Me senté al
lado de ellos, aparenté buen humor y traté de que se fijaran en el ligero° bastoncillo    light
que llevaba en la mano.

Cuando al fin, en la calle, me despedí de mis compañeros, estaba un poco más tranquilo. Pero al llegar a casa y quedarme solo en el cuarto, sentí una tristeza mortal. Temí que aquella treta° agravara° mi situación si sospechaban de mí.

*trick / worsen*

Me acosté, pero no pude cerrar los ojos. Me sentía lleno de un terror y a cada instante esperaba oír los pasos de la Policía en la escalera. Al amanecer°, sin embargo, me dormí hasta que me despertó la voz de mi hija.

*daybreak*

—Ya son las diez, padre. ¡Qué cara tiene usted! ¿Ha pasado mala noche?

—Al contrario, he dormido divinamente —respondí.

No me fiaba de mi hija. Luego pregunté, afectando naturalidad:

—¿Ha venido ya el *Eco del Comercio?*

—Sí.

—Tráemelo.

Cuando mi hija salió, empecé a leer todo con ojos ansiosos, sin ver nada. Al fin, haciendo un esfuerzo supremo para serenarme, pude leer la sección de sucesos°, donde hallé uno que decía:

*happenings*

### SUCESO EXTRAÑO

"Los enfermeros del Hospital Provincial tienen la mala costumbre° de utilizar a los locos pacíficos que hay en aquel manicomio° para diferentes trabajos, entre ellos, el de transportar los cadáveres a la sala de autopsia. Anoche cuatro dementes, haciendo este servicio, encontraron abierta una puerta y se escaparon por ella, llevándose el cadáver. Inmediatamente que el señor administrador del Hospital lo supo envió a varios enfermeros en su busca, pero fueron inútiles° sus esfuerzos. A la una de la mañana se presentaron al Hospital los mismos locos, pero sin el cadáver. Éste fue hallado por el sereno° de la calle de la Perseguida en el portal de la señora Nieves Menéndez. Sería buena idea que el Sr. director tomara medidas° para que no se repitan estos hechos escandalosos."

*habit*
*insane asylum*

*useless*

*nightwatch*
*measures*

Dejé caer el periódico de las manos y comencé a reírme convulsivamente.

—¿De modo que usted había matado a un muerto?

—Precisamente.

## Tema de conversación

En pequeños grupos, comenten sobre situaciones en su vida en las cuales ustedes han sufrido, se han preocupado o se han enojado, pensando en cosas que ustedes creían que iban a pasar y que nunca pasaron. Mencionen algunos de estos casos.

## Desde el punto de vista literario

Comente Ud....

1. ¿Cómo atrae Palacio Valdés la atención del lector desde el primer momento?
2. ¿Desde qué punto de vista está contado el cuento?
3. ¿Qué importancia tiene la oscuridad del portal en la trama?
4. ¿Dónde está la ironía del cuento?

## Composición

Teniendo en cuenta lo que Ud. sabe de don Elías, escriba uno o dos párrafos describiendo lo que Ud. imagina que es un día típico en su vida.

# Antonio Machado    *(España: 1875–1939)*

*La poesía del sevillano Antonio Machado, que está considerado como el gran poeta de la Generación de 1898, es de profunda espiritualidad. Su obra poética, que no es muy extensa, se concentra en ciertos temas esenciales: los recuerdos de su juventud, el amor, los paisajes de Castilla y Andalucía, España y, sobre todo, el tiempo, la muerte y Dios. Sus obras más importantes son* Soledades *(1903),* Soledades, galerías y otros poemas *(1907),* Campos de Castilla *(1912) y* Nuevas canciones *(1925).*

## Actividades de preparación

A.  Antes de leer el poema, piense en las ideas o imágenes que le sugieren las siguientes palabras.

andar
caminante
huellas
camino

B.  Al leer el poema, encuentre las respuestas a las siguientes preguntas.

1.  ¿Qué representa el caminante?
2.  ¿Qué representa el camino?
3.  ¿A qué se refiere Antonio Machado cuando habla de la "senda que nunca se ha de volver a pisar"?

# Poema XXIII

Caminante°, son tus huellas°      Traveler / footprints
el camino, y nada más;
caminante, no hay camino,
se hace camino al andar.
Al andar se hace camino,
y al volver la vista atrás°      al... looking back
se ve la senda° que nunca      path
se ha de volver a pisar°.      to set foot on
Caminante, no hay camino,
sino estelas° en la mar.      wakes of a ship

　　(*De* Proverbios y cantares)

# Tema de conversación

En grupos de tres o cuatro, hablen de las cosas de su pasado, y de lo que les gustaría cambiar si tuvieran la oportunidad de volver atrás.

# Desde el punto de vista literario

Comente Ud....

1. ¿Cuál es el tema de este poema?
2. ¿Qué tipo de rima tiene el poema?
3. ¿Cómo clasifica Ud. los versos por el número de sílabas?

# Capítulo 9

# Silvia Molina (México: 1946–    )

*Silvia Molina es novelista y cuentista. Su primera novela,* La mañana debe seguir gris, *publicada en 1977, recibió el Premio Villaurrutia. En esta obra la autora combina la autobiografía con la ficción. Su segunda novela,* Ascensión Tun, *publicada en 1981, se basa en hechos históricos ocurridos en México en el siglo XIX.*

*En 1984 publicó un libro de cuentos titulado* Lides de estaño. *En estos cuentos generalmente la protagonista es una mujer que recuerda su infancia, su adolescencia o su juventud. La mayoría de sus relatos son breves y de tono melancólico.*

*Entre sus temas están la sospecha, la desilusión y la soledad debidas principalmente a la falta de comprensión. El cuento que presentamos a continuación pertenece a este libro.*

# Vocabulario clave

**apresurarse, apurarse**   to hurry up
**el bigote**   mustache
**cuidar**   to take care of
**de prisa**   in a hurry
**despacito**   very slowly
**detenerse**   to stop
**el dibujo**   drawing
**fijarse**   to notice
**el girasol**   sunflower

**la margarita**   daisy
**negarse (e → ie)**   to refuse
**el olor**   smell
**el pecho**   chest
**soñador(a)**   dreamer
**el sueño**   dream
**la suerte**   luck
**la tela**   fabric

# Actividades de preparación

A. Complete las siguientes oraciones con palabras del vocabulario.

1. Son las cinco y tengo que estar allí a las cinco y diez. Me tengo que _____.
2. No es una margarita; es un _____.
3. Necesito comprar _____ para hacerme un vestido.
4. Me gusta el _____ a rosas.
5. El viejo caminaba muy _____.
6. ¿Tienes un examen hoy? ¡Buena _____!
7. Se _____ a salir. Prefirió quedarse en su casa.
8. Cuando toso, me duele el _____.
9. Tiene barba y _____.
10. La joven caminaba de _____ porque estaba muy apurada.
11. Yo _____ a los niños cuando sus padres no están en la casa.
12. Lo llamé, pero no quiso _____ y siguió caminando.
13. El pobre es un soñador, pero sus _____ nunca se hacen realidad.
14. Los _____ de ese dibujante eran los mejores.
15. Desde el ómnibus nos íbamos _____ en la gente que pasaba.

B.  Lea cuidadosamente el primer párrafo. Fíjese en la opinión que tiene la narradora de su padre. Fíjese también en la idea que ella tiene de la "suerte". Teniendo esto en cuenta, trate de imaginar qué va a pasar con la casa nueva.

C.  Al leer el cuento, encuentre las respuestas a las siguientes preguntas.

1.  ¿Ve Ud. a la narradora como a alguien optimista o realista? ¿Por qué?
2.  ¿Para qué la llevó su padre a la colonia Anzures?
3.  ¿Qué le llamó la atención durante el trayecto?
4.  ¿Qué contraste nota la niña entre las calles Melchor Ocampo y San Rafael?
5.  Nombre algunas cosas que imaginó la niña al ver "su recámara".
6.  ¿Cómo imaginaba la niña a su mamá en la nueva recámara?
7.  ¿Qué otras partes de la casa le mostró su papá?
8.  ¿Qué profesión tenía el padre de la niña?
9.  ¿Qué pensaba hacer la niña en su nueva casa mientras esperaba la llegada de su familia?
10.  ¿Cómo imaginaba la niña la vida en la nueva casa?
11.  ¿Qué fue lo que destruyó los sueños de la niña?
12.  ¿Qué era necesario que sucediera para que la niña y su familia pudieran mudarse a la casa nueva?

# La casa nueva    *A Elena Poniatowska*

Claro que no creo en la suerte, mamá. Ya está usted como mi papá. No me diga que fue un soñador; era un enfermo —con el perdón de usted. ¿Qué otra cosa? Para mí, la fortuna está ahí o, de plano° no está. Nada de que nos vamos a sacar° la lotería. ¿Qué lotería? No, mamá. La vida no es ninguna ilusión; es la vida, y se acabó°. Está bueno para los niños que creen en todo: "Te voy a traer la camita", y de tanto esperar, pues se van olvidando. Aunque le diré. A veces, pasa el tiempo y uno se niega a olvidar ciertas promesas; como aquella tarde en que mi papá me llevó a ver la casa nueva de la colonia° Anzures.

El trayecto° en el camión°, desde la San Rafael, me pareció diferente, mamá. Como si fuera otro... Me iba fijando en los árboles —se llaman fresnos, insistía él—, en los camellones° repletos° de flores anaranjadas y amarillas —son girasoles y margaritas— decía.

Miles de veces habíamos recorrido° Melchor Ocampo, pero nunca hasta Gutemberg. La amplitud y la limpieza de las calles me gustaban cada vez más. No quería recordar la San Rafael, tan triste y tan vieja: "No está sucia, son los años" —repelaba° usted siempre, mamá. ¿Se acuerda? Tampoco quería pensar en nuestra privada° sin intimidad° y sin agua.

Mi papá se detuvo antes de entrar y me preguntó:

—¿Qué te parece? Un sueño, ¿verdad?

*de...* absolutely / to win
*se...* that's all

neighborhood
stretch / bus (México)

big flowerpots / full

**habíamos...** we had gone through

complained
dead-end street (México) / privacy

Tenía la reja° blanca, recién pintada. A través de ella vi por primera vez la casa nueva... La cuidaba un hombre uniformado. Se me hizo tan... igual que cuando usted compra una tela: olor a nuevo, a fresco, a ganas de sentirla.

*ironwork on a window*

Abrí bien los ojos, mamá. Él me llevaba de aquí para allá de la mano. Cuando subimos me dijo: "Esta va a ser tu recámara°". Había inflado el pecho y hasta parecía que se le cortaba la voz° de la emoción. Para mí solita°, pensé. Ya no tendría que dormir con mis hermanos. Apenas abrí una puerta, él se apresuró: "Para que guardes la ropa". Y la verdad, la puse allí, muy acomodadita° en las tablas°, y mis tres vestidos colgados°, y mis tesoros en aquellos cajones°. Me dieron ganas de saltar° en la cama del gusto, pero él me detuvo y abrió la otra puerta: "Mira —murmuró— un baño". Y yo me tendí° con el pensamiento en aquella tina° inmensa, suelto° mi cuerpo para que el agua lo arrullara°.

*bedroom*

**parecía...** *it seemed that his voice broke* / **Para...** *Just for me* / *well arranged* / *shelves* / *hanging* / *drawers* / **Me...** *I felt like jumping* / **me...** *I stretched out* / *bathtub* / *relaxed*

*lull*

Luego me enseñó su recámara, su baño, su vestidor. Se enrollaba el bigote como cuando estaba ansioso. Y yo, mamá, la sospeché enlazada° a él en esa camota —no se parecía en nada a la suya—, en la que harían sus cosas sin que sus hijos escucháramos. Después, salió usted recién bañada, olorosa a durazno°, a manzana, a limpio. Contenta, mamá, muy contenta de haberlo abrazado a solas, sin la perturbación ni los lloridos de mis hermanos.

*tied*

*peach*

Pasamos por el cuarto de las niñas, rosa como sus mejillas y las camitas gemelas°; y luego, mamá, por el cuarto de los niños que "ya verás, acá van a poner los cochecitos y los soldados". Anduvimos por la sala, porque tenía sala; y por el comedor y por la cocina y por el cuarto de lavar y planchar. Me subió hasta la azotea° y me bajó de prisa porque "tienes que ver el cuarto para mi restirador°". Y lo encerré ahí para que hiciera sus dibujos sin gritos ni peleas°, sin niños cállense que su papá está trabajando, que se quema las pestañas° de dibujante para darnos de comer.

*twin*

*flat roof*
*drawing board*
*arguments*
**se...** *he works hard*

No quería irme de allí nunca, mamá. Aun° encerrada viviría feliz. Esperaría a que llegaran ustedes, miraría las paredes lisitas°, me sentaría en los pisos de mosaico, en las alfombras, en la sala acojinada°; me bañaría en cada uno de los baños; subiría y bajaría cientos, miles de veces, la escalera de piedra y la de caracol°; hornearía° muchos panes para saborearlos° despacito en el comedor. Allí esperaría la llegada de usted, mamá, la de Anita, de Rebe, de Gonza, del bebé, y mientras también escribiría una composición para la escuela: *La casa nueva.*

*Even*

*smooth*

*with lots of cushions*

**la...** *spiral staircase* / *I would bake* / *to savor them*

*En esta casa, mi familia va a ser feliz. Mi mamá no se volverá a quejar de la mugre° en que vivimos. Mi papá no irá a la cantina°; llegará temprano a dibujar. Yo voy a tener mi cuartito, mío, para mí solita; y mis hermanos...*

*filth*

*bar*

No sé qué me dio° por soltarme° de su mano, mamá. Corrí escaleras arriba, a mi recámara, a verla otra vez, a mirar bien los muebles y su gran ventanal; y toqué la cama para estar segura de que no era una de tantas promesas de mi papá, que allí estaba todo tan real como yo misma, cuando el hombre uniformado me ordenó:

**qué...** *what got into me* / *to let go*

—Bájate, vamos a cerrar.

Casi ruedo° las escaleras, el corazón se me salía por la boca:

—¿Cómo que van a cerrar, papá? ¿No es mi recámara?

**Casi...** *I almost tumbled down*

Ni° con el tiempo he podido olvidar: que iba a ser nuestra cuando se hiciera la rifa°.

*Not even*

*raffle*

## Tema de conversación

¿Recuerdan Uds. algunas ocasiones en las que alguien les prometió algo y no cumplió su promesa? En grupos pequeños, hablen sobre esto y expliquen cómo se sintieron. Y Uds., ¿cumplen siempre sus promesas?

## Desde el punto de vista literario

Comente Ud....

1. ¿Desde qué punto de vista está contado el cuento?
2. ¿Qué técnica utiliza la autora para llevar al lector al pasado?
3. ¿Qué tipo de lenguaje usa la autora?
4. ¿Cuáles son los temas de este cuento?

## Composición

Escriba una composición sobre el siguiente tema: Mi casa nueva. Imagine que Ud. y su familia se van a mudar a la casa de sus sueños. Descríbala y diga cómo va a ser su vida en la nueva casa.

# Gabriel García Márquez *(Colombia: 1928–        )*

*Gabriel García Márquez es uno de los escritores latinoamericanos más conocidos internacionalmente. En todas sus obras existe una mezcla de lo real con lo maravilloso y en ellas presenta muchos de los problemas de la sociedad latinoamericana de un modo caricaturesco. Entre sus obras son importantes* La hojarasca *(1955),* Cien años de soledad *(1967),* Crónica de una muerte anunciada *(1981),* El amor en los tiempos del cólera *(1985), y colecciones de cuentos como* Los funerales de la Mamá Grande *(1962), de donde es el cuento que aparece aquí, y* Doce cuentos peregrinos *(1992). En 1982 García Márquez ganó el Premio Nobel de Literatura.*

## Vocabulario clave

**a rayas**  striped
**el alcalde (la alcaldesa)**  mayor
**amargo(a)**  bitter
**la caja**  box
**el cartón**  cardboard
**la (muela) cordal, la muela del juicio**  wisdom tooth
**la gaveta, el cajón**  drawer
**hervir (e → ie)**  to boil
**hinchado(a)**  swollen
**la lágrima**  tear

**la madera**  wood
**la muela**  molar, tooth
**la muñeca**  wrist
**ponerse de pie**  to stand up
**pulir**  to polish
**el puñado**  handful
**raras veces**  rarely
**respirar**  to breathe
**sordo(a)**  deaf
**el trapo**  rag

## Actividades de preparación

A.  Encuentre en la columna B las respuestas a las preguntas de la columna A.

| A | B |
|---|---|
| 1. ¿Hubo elecciones? | a. Sí, y está hinchada. |
| 2. ¿Cómo es la camisa? | b. En la gaveta. |
| 3. ¿No te gusta el café? | c. La cordal. |
| 4. ¿Te duele la muñeca? | d. Muy raras veces. |
| 5. ¿La caja es de madera? | e. Sí, y Ana Peña es la nueva alcaldesa. |
| 6. ¿Dónde pusiste el trapo? | f. No puedo respirar. |
| 7. ¿Cuánto arroz le pongo? | g. No, de cartón. |
| 8. ¿Viene a verte? | h. Se pusieron de pie. |
| 9. ¿Qué muela te duele? | i. No, lo voy a hervir. |
| 10. ¿No oye? | j. No, está muy amargo. |
| 11. ¿Lo vas a freír? | k. A rayas. |
| 12. ¿Qué te pasa? | l. No, es sordo. |
| 13. ¿Qué hicieron cuando él llegó? | m. Un puñado. |

B. Al leer este cuento, tenga en cuenta lo siguiente:

- Los protagonistas son un dentista sin título (*degree*) y el alcalde del pueblo.

- El dentista y el alcalde son enemigos políticos.

- El alcalde tiene un absceso en una muela y tiene la cara hinchada.

- El dentista no quiere extraerle la muela, pero el alcalde lo obliga.

- La extracción de la muela tiene que hacerse sin anestesia. Piense Ud. en lo que puede ocurrir en estas circunstancias.

C. Al leer el cuento, encuentre las respuestas a las siguientes preguntas.

1. ¿Se levantó temprano don Aurelio Escovar? ¿Cómo lo sabe?
2. ¿Cómo estaba vestido el dentista?
3. ¿Para qué vino el alcalde a verlo?
4. ¿Qué dijo el alcalde que haría si no le sacaba la muela?
5. ¿Qué aspecto tenía el alcalde?
6. ¿Cómo era el gabinete del dentista?
7. ¿Qué sintió el alcalde cuando el dentista le sacó la muela? ¿Lloró?
8. ¿Con qué se secó las lágrimas?
9. ¿Qué le recomendó el dentista que hiciera?
10. ¿Importaba a quién que le pasara la cuenta el dentista? ¿Por qué?

# Un día de éstos *(Adaptado)*

El lunes amaneció tibio° y sin lluvia. Don Aurelio Escovar, dentista sin título y buen madrugador°, abrió su gabinete° a las seis. Sacó de la vidriera° una dentadura postiza° montada aún en el molde de yeso y puso sobre la mesa un puñado de instrumentos. Llevaba una camisa a rayas, sin cuello°, y los pantalones sostenidos con cargadores° elásticos. Era rígido, enjuto°, con una mirada que raras veces correspondía a la situación, como la mirada de los sordos.

 Cuando tuvo las cosas dispuestas° sobre la mesa rodó la fresa° hacia el sillón de resortes y se sentó a pulir la dentadura postiza.

 Después de las ocho hizo una pausa para mirar el cielo por la ventana y después siguió trabajando con la idea de que antes del almuerzo volvería a llover. La voz de su hijo de once años lo sacó de su abstracción.

 —Papá.

 —¿Qué?

 —Dice el alcalde que si le sacas una muela.

 —Dile que no estoy aquí.

 Estaba puliendo un diente de oro. Lo retiró a la distancia del brazo y lo examinó con los ojos a medio cerrar°. En la salita de espera volvió a gritar su hijo.

 —Dice que sí estás porque te está oyendo.

*warm*

*early riser / (dentist's) office / glass cabinet / **dentadura...** dentures / collar / suspenders / skinny*

*arranged / dentist's drill*

*a... half closed*

El dentista siguió examinando el diente. Sólo cuando lo puso en la mesa con los trabajos terminados, dijo:

—Mejor.

Volvió a operar la fresa. De una cajita de cartón donde guardaba las cosas por hacer, sacó un puente° de varias piezas y empezó a pulir el oro.    *dental bridge*

—Papá.

—¿Qué?

—Dice que si no le sacas la muela te pega un tiro°.    *te... he'll shoot you*

Sin apresurarse, dejó de pedalear en la fresa, la retiró del sillón y abrió por completo la gaveta inferior de la mesa. Allí estaba el revólver.

—Bueno —dijo—. Dile que venga a pegármelo.

Hizo girar el sillón hasta quedar de frente a la puerta, la mano apoyada° en el borde de la gaveta. El alcalde apareció en el umbral°. Se había afeitado la mejilla° izquierda, pero en la otra, hinchada y dolorida, tenía una barba de cinco días. El dentista vio en sus ojos muchas noches de desesperación. Cerró la gaveta con la punta de los dedos y dijo suavemente:    *resting*  *threshold / cheek*

—Siéntese.

—Buenos días —dijo el alcalde.

—Buenos —dijo el dentista.

Mientras hervían los instrumentos, el alcalde apoyó el cráneo en el cabezal° de la silla y se sintió mejor. Era un gabinete pobre con una vieja silla de madera. Cuando sintió que el dentista se acercaba, el alcalde afirmó los talones° y abrió la boca.    *headrest*  *heels*

Don Aurelio Escovar le movió la cara hacia la luz. Después de observar la muela dañada°, ajustó la mandíbula con una cautelosa presión° de los dedos.    *rotten / pressure*

—Tiene que ser sin anestesia —dijo.

—¿Por qué?

—Porque tiene un absceso.

El alcalde lo miró en los ojos.

—Está bien —dijo, y trató de sonreír. El dentista no le correspondió. Llevó a la mesa de trabajo la cacerola con los instrumentos hervidos y los sacó del agua con unas pinzas° frías, todavía sin apresurarse. Después rodó la escupidera° con la punta del zapato y fue a lavarse las manos. Hizo todo sin mirar al alcalde. Pero el alcalde no lo perdió de vista.    *pliers / spittoon*

El dentista abrió las piernas y apretó la muela con el gatillo° caliente. El alcalde se aferró a las barras de la silla, descargó toda su fuerza en los pies y sintió un vacío helado en los riñones°, pero no soltó un suspiro. El dentista sólo movió la muñeca. Sin rencor, más bien con una amarga ternura, dijo:    *forceps*  *kidneys*

—Aquí nos paga veinte muertos, teniente.

El alcalde sintió un crujido° de huesos en la mandíbula y sus ojos se llenaron de lágrimas. Pero no suspiró hasta que sintió salir la muela. Entonces la vio a través de las lágrimas. Le pareció tan extraña a su dolor, que no pudo entender la tortura de sus cinco noches anteriores. Inclinado sobre la escupidera, sudoroso, jadeante°, se desabotonó la guerrera° y buscó el pañuelo en el bolsillo del pantalón. El dentista le dio un trapo limpio.    *panting*  *military jacket*

—Séquese las lágrimas° —dijo.    ***Séquese...*** Dry your tears

El alcalde lo hizo. Estaba temblando.

El dentista regresó secándose las manos. "Acuéstese —dijo— y haga buches° de    **haga...** gargle
agua de sal". El alcalde se puso de pie, se despidió con un saludo militar, y se dirigió
a la puerta.

—Me pasa la cuenta —dijo.

—¿A usted o al municipio?

El alcalde no lo miró. Cerró la puerta, y dijo, a través de la red metálica°.    **red...** screen
thing

—Es la misma vaina°.

## Tema de conversación

En pequeños grupos, intercambien anécdotas sobre visitas al dentista. ¿Cuál de Uds.
ha tenido la peor experiencia?

## Desde el punto de vista literario

Comente Ud....

1. ¿Cómo se describe el ambiente en el que se desarrolla el cuento? Dé ejemplos.
2. ¿Desde qué punto de vista está contado el cuento?
3. ¿Dónde cree Ud. que está la culminación del cuento?
4. ¿Cree Ud. que hay algún tipo de crítica social en la frase final del cuento?
   ¿Cuál?

## Composición

Escriba una composición sobre el siguiente tema: Excusas para no ir al dentista.

# Pablo Neruda (Chile: 1904–1973)

*Neruda está considerado como uno de los más grandes poetas del siglo XX. Su obra ha sido traducida a numerosos idiomas y ha tenido una gran influencia en la poesía moderna. Entre sus libros más conocidos están* Veinte poemas de amor y una canción desesperada *(1924),* España en el corazón *(1937) y* Canto general *(1950). La temática de su poesía evoluciona de la preocupación por el amor a los temas políticos. En 1971 Neruda obtuvo el Premio Nobel de Literatura.*

## Actividades de preparación

A. En este poema el autor habla de su tristeza ante la ausencia de la persona que él ama. ¿Qué ideas vienen a su mente cuando Ud. recuerda una experiencia similar?

B. Al leer el poema, encuentre las respuestas a las siguientes preguntas.

1. ¿A qué hora del día recuerda el poeta a su amada?
2. ¿Cómo describe el poeta la puesta del sol (*sunset*)?
3. ¿Qué se pregunta el poeta?

# Poema 10

Hemos perdido aun este crepúsculo°.                     twilight
Nadie nos vio esta tarde con las manos unidas
mientras la noche azul caía° sobre el mundo.            fell

He visto desde mi ventana
la fiesta del poniente° en los cerros° lejanos.         west / hills

A veces como una moneda°                                coin
se encendía° un pedazo de sol entre mis manos.         se... was lit

Yo te recordaba con el alma° apretada°                  soul / tightened
de esa tristeza° que tú me conoces.                     sadness

Entonces, ¿dónde estabas?
¿Entre qué gentes?
¿Diciendo qué palabras°?                                words
¿Por qué se me vendrá° todo el amor de golpe°          se... will I feel / de... all of a
cuando me siento triste, y te siento lejana°?          sudden / distant

Cayó el libro que siempre se toma en el crepúsculo,
y como un perro herido° rodó° a mis pies mi capa.      wounded / slid

Siempre, siempre te alejas° en las tardes              te... you go away
hacia donde el crepúsculo corre borrando° estatuas.    erasing

## Tema de conversación

¡El primer amor! ¿Se olvida alguna vez? En grupos pequeños, hablen sobre los recuerdos de la primera vez que se enamoraron. ¿Fue amor a primera vista? ¿Fue correspondido? ¿Fue primero una amistad? ¿Cómo terminó?

## Desde el punto de vista literario

Comente Ud....

1. ¿Cuál es el tono del poema?
2. Busque en el poema las imágenes que usa el poeta para presentar el crepúsculo.
3. Busque ejemplos de símil y de metáforas.

# Capítulo 10

# José Antonio Burciaga  *(Estados Unidos: 1940–1996)*

*José Antonio Burciaga nació en Mineral Wells, cerca de El Paso, Texas; pero más tarde se fue a vivir a California, donde empezó a escribir crítica y artículos para varios periódicos. Era muralista, poeta, periodista y humorista. Escribía en inglés y en español para que sus ideas llegaran a un público más amplio.*

*Sus obras más importantes son: la novela* Restless Serpents *(1976),* Versos para Centroamérica *(1981) y* Weedee: A Collection of Essays *(1988).*

*El tema central de su obra es el significado del prejuicio social y cultural. El tono de sus ensayos es humorístico y satírico, mientras que el de su poesía es satírico y sarcástico.*

*Ganó el premio de* Hispanic Heritage *y está considerado uno de los escritores más importantes de la literatura chicana.*

## Vocabulario clave

**la arruga**   wrinkle
**el cacahuate, maní**   peanut
**castigar**   to punish
**chistoso(a)**   funny
**la jalea**   jelly
**ladrar**   to bark

**el letrero**   sign
**manchar**   to stain
**el mandamiento**   commandment
**la monja**   nun
**orgulloso(a)**   proud
**el saco**   coat

## Actividades de preparación

A. Complete las siguientes oraciones con palabras del vocabulario.

1. Según el _____, estamos a cien kilómetros de la capital.
2. Vi la película "Los diez _____", con Charlton Heston.
3. Él siempre nos hacía reír; era muy _____.
4. Mi abuelo tiene muchas _____ en la cara.
5. No me gusta la mantequilla de _____.
6. Nuestro hijo se graduó con honores. Estamos muy _____ de él.
7. Las _____ estaban en el convento.
8. Me voy a quitar el _____ porque tengo calor.
9. Van a _____ al niño porque rompió la ventana.
10. No pude dormir. El perro _____ toda la noche.
11. ¡Ten cuidado! Te vas a _____ la camisa con el café.
12. Quiero pan tostado con mantequilla y _____ de fresas.

B. Lea los tres primeros renglones (*lines*) del cuento. ¿De qué experiencias cree Ud. que va a hablar el autor?

C. Al leer el cuento, encuentre las respuestas a las siguientes preguntas.

1. ¿Qué diferencia había entre lo que comía el niño mexicano y lo que comía Susy?

2. ¿Qué cosas eran un misterio para las monjas?
3. ¿Qué dice el autor sobre lo que los niños leían en la escuela?
4. ¿Por qué se ponía furioso Memo?
5. ¿Qué veía el niño por la ventana de la clase?
6. ¿Cuál era el undécimo mandamiento de la escuela?
7. ¿Cómo castigaban a los niños?
8. Según la maestra de música, ¿por qué tenían muchas arrugas los mexicanos viejos?
9. ¿Cómo usaban el español el autor y sus amigos en la escuela secundaria?
10. ¿Qué hacían los estudiantes de la Cathedral High School?
11. Según el autor, ¿qué opinión tienen en México de las palabras que inventan los chicanos?
12. ¿Qué cree el autor que deben tener los Estados Unidos por ser el cuarto país hispanohablante?

# Mareo° escolar *(Adaptado)*

Dizziness

Me acuerdo de mi tercer grado en El Paso, Texas, en 1949. Yo era uno de los *niños mexicanos.* Éramos diferentes... y lo sabíamos. Muchos nos sentíamos orgullosos.

Me sentaba en el parque de la escuela para comer mi burrito de chorizo con huevo, el cual manchaba la bolsa de papel° y mis pantalones de caqui. Frente a mí se sentaba una niña llamada Susy que sacaba su sándwich de mantequilla de cacahuate con jalea de su lonchera[1] *Roy Rogers.*

bolsa... paper bag

Las monjas anglosajonas entendían muy bien a Susy, pero nuestra cultura y nuestra lengua eran un misterio para ellas. Lo mismo eran las de ellas para nosotros: *Dick y Jane* tenían una casa de dos pisos, su papá se vestía con saco y corbata y hasta° su perro *Spot* ladraba en inglés: *¡Bow Wow!* Mis perros siempre ladraron en español: *¡Guau, Guau!*

even

Me acuerdo que la maestra siempre le gritaba a Memo que se metiera la camisa en los pantalones. La camisa era una guayabera[2]. Memo obedecía, pero se ponía furioso. Nos reíamos de él, porque se veía muy chistoso con su guayabera metida en los pantalones.

Me sentaba en la clase y veía, por la ventana, la tienda de enfrente. Tenía un letrero que decía *English Spoken Here—Se habla inglés.* Otras tiendas decían *Se habla español.* Pero en nuestra escuela católica, el undécimo° mandamiento era: *No hablarás español.* Cuando nos descubrían hablando la lengua *extranjera* prohibida, nos castigaban después de clase, o nos ponían a escribir cien veces *I will not speak Spanish.*

eleventh

Mi hermano Pifas podía escribir con tres lápices a la vez y era el más rápido para cumplir el castigo.

[1]Chicano word for *lunch box.*
[2]Type of shirt that is worn on the outside.

*I will not speak Spanish.*
*I will not speak Spanish.*
*I will not speak Spanish.*

La maestra de música, que también nos enseñaba latín, nos decía que no ejercitábamos bien los músculos faciales cuando hablábamos español. Nos explicaba que ésa era la razón por la cual los mexicanos viejos tenían tantas arrugas. Se me ocurrió que en los tiempos de antes los mexicanos vivían largos años en lugar de sucumbir a las enfermedades estadounidenses como cáncer, úlceras o ataques cardiacos.

Nunca perdimos la habilidad de hablar nuestra segunda lengua. En la secundaria a veces nos llamaban a interpretar para algún estudiante nuevo que venía de México cuando el conserje o la cocinera estaban ocupados.

Aunque el recién llegado normalmente había estudiado inglés, hablarlo en clase por primera vez lo aturdía°.

*lo...* perplexed him

A todo contestaba *¿Wachusei?* (¿Qué dices?). Entonces alguno de nosotros inevitablemente le daba la traducción errónea de la pregunta del maestro. Le susurrábamos en español: *El hermano Amedy quiere ver tu pasaporte.* Como estudiante cortés, él le entregaba sus papeles de inmigración al hermano Amedy que se quedaba perplejo.

El noventa y cinco por ciento de los estudiantes éramos méxico-americanos, pero en la Cathedral High School éramos todos irlandeses. Echábamos porras° a nuestro equipo de fútbol al son de la canción de batalla de la Universidad de Notre Dame, en español, en *espanglish* y en inglés con acento. Pero no sirvió de nada; la escuela todavía mantiene el record de partidos perdidos.

*Echábamos...* We cheered

Todas aquellas palabras que inventamos nosotros los estudiantes chicanos de la frontera, ahora forman parte de los diccionarios de caló°. Algunas han llegado hasta el interior de México, a pesar del disgusto de ese país.

slang

Los jóvenes cubano-americanos están ahora reinventando algunas palabras en *espanglish* que los chicanos crearon hace años en Texas.

Aunque los Estados Unidos es el cuarto país hispano-hablante en el mundo, todavía no tenemos un miembro en la Real Academia Internacional de la Lengua Española. Tan, tán.

## Tema de conversación

En pequeños grupos, hablen de las diferencias culturales que existen entre los norteamericanos y los que vienen de otros países. ¿Qué han podido observar Uds.?

## Desde el punto de vista literario

Comente Ud....

1. ¿Qué lenguaje usa el autor en este cuento?
2. ¿Desde qué punto de vista está contada la historia?
3. ¿Cuál es el tema del cuento?

## Composición

Escriba un diálogo entre Ud. y un estudiante extranjero, en el que hablan de las diferencias y semejanzas que existen entre ustedes.

# Ana María Matute[1] *(España: 1926–      )*

## Vocabulario clave

**acariciar**  to caress
**acaso, quizá(s)**  perhaps
**agradecer (yo agradezco)**  to thank
**la arena**  sand
**avisar**  to let know, to warn
**la bahía**  bay
**la carrera**  university studies
**la carretera**  highway, road
**conmovido(a)**  moved
**equivocarse**  to be wrong,
   to make a mistake
**las gafas, los anteojos, los lentes**  eyeglasses
**hacia**  toward

**el hombro**  shoulder
**los labios**  lips
**la letra**  handwriting
**el mar**  sea
**el mostrador**  counter
**el (la) obrero(a)**  laborer, worker
**la ola**  wave
**el pariente**  relative
**pegarse un tiro**  to shoot oneself
**la piedra**  stone, rock
**la queja**  complaint
**el sobre**  envelope
**tranquilo(a)**  calm

## Actividades de preparación

A.  Complete las siguientes oraciones con palabras del vocabulario.

1. Marisa miraba _____ la bahía.
2. Edgardo se pegó un _____ en la cabeza.
3. No veo bien; necesito usar _____.
4. Yo le _____ mucho los favores que Ud. me ha hecho.
5. Estaba muy _____ y tenía lágrimas en los ojos.
6. Mi tío Ernesto es mi _____ favorito.
7. Mi hermano me pagó la _____ de médico.
8. No le gusta nada. Estoy cansado de escuchar sus _____.
9. Me escribió una nota, pero yo no entiendo su _____.
10. Voy a poner la carta en el _____.
11. Él estaba nervioso, pero ella estaba _____.
12. La madre _____ al niño con ternura.
13. Estela nunca hace nada bien. Siempre se _____.
14. No le gusta bañarse en el _____ porque le tiene miedo a las olas.
15. Yo le voy a _____ que ellos llegan mañana.
16. Esa _____ es la que lleva al pueblo.
17. Los niños hacían castillos de _____ en la playa.
18. Puse las bebidas en el _____ del café.

[1]Ver biografía en la página 41.

B. Fíjese en el título del cuento. ¿Qué le sugiere a Ud.? Lea rápidamente los primeros cuatro párrafos y conteste las siguientes preguntas: ¿Quiénes son los personajes? ¿Qué sabemos de ellos? ¿Qué datos sabemos sobre dónde tiene lugar la historia?

C. Al leer el cuento, encuentre las respuestas a las siguientes preguntas.

1. ¿Cómo es Ruti y qué relación tiene con Tomeu el Viejo?
2. ¿Cómo ganó Tomeu su dinero?
3. ¿Qué tiene Ruti que agradecerle a Tomeu?
4. Según Ruti, ¿cuánto tiempo de vida le queda a su tío?
5. ¿Qué vinieron a avisarle a Ruti a eso de las dos del tercer día?
6. ¿Cómo se mostró Ruti al oír la noticia?
7. ¿Qué recibió Ruti al día siguiente?
8. ¿Por qué sabía Tomeu que él no estaba enfermo?
9. ¿Por qué se suicidó Tomeu?
10. ¿Por qué no le dejó el dinero a su sobrino?

# *El arrepentido* (Adaptado)

El café era estrecho y oscuro. La fachada principal daba a° la carretera, y la posterior a la playa. La puerta que se abría a la playa estaba cubierta por una cortina de bambú, bamboleada° por la brisa.

    Tomeu el Viejo estaba sentado en el quicio° de la puerta. Entre las manos acariciaba lentamente una petaca de cuero° negro, muy gastada°. Miraba hacia más allá de la arena hacia la bahía. Se oía el ruido del motor de una barcaza° y el coletazo° de las olas contra las rocas. Una lancha vieja, cubierta por una lona°, se mecía blandamente, amarrada° a la playa.

    —Así que es eso° —dijo Tomeu, pensativo. Sus palabras eran lentas. Levantó los ojos y miró a Ruti.

    Ruti era un hombre joven, delgado y con gafas. Tenía ojos azules, inocentes.

    —Así es —contestó. Y miró al suelo.

    Tomeu habló de nuevo mirando hacia el mar.

    —¿Cuánto tiempo me das?

    Ruti carraspeó°:

    —No sé... a ciencia cierta°. Vamos; no es infalible.

    —Vamos, Ruti. Ya me conoces: dilo. Ruti se puso encarnado°. Le temblaban los labios.

    —Un mes... acaso dos...

    —Está bien, Ruti. Te lo agradezco mucho. Es mejor así.

    Ruti guardó silencio°.

    —Ruti —dijo Tomeu—. Quiero decirte algo: ya sé que eres escrupuloso pero quiero decirte algo, Ruti. Yo tengo más dinero del que la gente se figura°: ya ves, un pobre hombre, un antiguo pescador, dueño de un cafetucho° de camino... Pero yo tengo dinero, Ruti. Tengo mucho dinero.

*Glosses (right margin):*

daba... faced

swayed
opening
petaca... leather tobacco pouch / worn out / barge / lash / canvas
moored
Así... So that's the way it is

cleared his throat
a... with certainty
se... went red

guardó... kept silent

se... think
cheap café

Ruti pareció incómodo. El color rosado de sus mejillas° se intensificó:

—Pero, tío... yo... ¡no sé por qué me dice esto!

—Tú eres mi único pariente, Ruti —repitió el viejo, mirando al mar—. Te he querido mucho.

Ruti pareció conmovido.

—Bien lo sé —dijo—. Bien me lo ha demostrado siempre.

—Volviendo a lo de antes°: tengo mucho dinero, Ruti. ¿Sabes? No siempre las cosas son como parecen.

Ruti sonrió. (Acaso quiere hablarme de sus historias de contrabando. ¿Cree que no lo sé? ¿Cree, acaso, que no lo sabe todo el mundo? ¡Tomeu el Viejo! ¡Bastante conocido, en ciertos ambientes! ¿Cómo hubiera podido costearme la carrera° de no ser así?) Ruti sonrió con melancolía. Le puso una mano en el hombro:

—Por favor, tío... No hablemos de esto. No, por favor... Además, puedo equivocarme. Sí: es fácil equivocarse. Nunca se sabe...

Tomeu se levantó bruscamente.

—Entra, Ruti. Vamos a tomar una copa° juntos.

El café estaba vacío a aquella hora. Dos moscas° se perseguían, con gran zumbido°. Tomeu pasó detrás° del mostrador y llenó dos copas de coñac. Le ofreció una:

—Bebe, hijo.

Nunca antes le llamó hijo. Ruti parpadeó° y dio un sorbito°.

—Estoy arrepentido —dijo el viejo, de pronto°.

Ruti lo miró fijamente.

—Sí —repitió—. Estoy arrepentido.

—No le entiendo, tío.

—Quiero decir: mi dinero, no es un dinero limpio. No, no lo es.

Bebió su copa de un sorbo, y se limpió los labios con el revés° de la mano.

—Nada me ha dado más alegría: haberte hecho lo que eres, un buen médico.

—Nunca lo olvidaré —dijo Ruti, con voz temblorosa. Miraba al suelo otra vez, indeciso.

—No bajes los ojos. Ruti. No me gusta que desvíen la mirada° cuando yo hablo. Sí, Ruti: estoy contento por eso. ¿Y sabes por qué?

Ruti guardó silencio.

—Porque gracias a ello tú me has avisado de la muerte. Tú has podido reconocerme°, oír mis quejas, mis dolores, mis temores... Y decirme, por fin: acaso un mes, o dos. Sí, Ruti: estoy contento, muy contento.

—Por favor, tío. Se lo ruego°. No hable así... todo esto es doloroso°. Olvidémoslo.

—No, no hay por qué olvidarlo. Tú me has avisado y estoy tranquilo. Sí, Ruti: tú no sabes cuánto bien me has hecho.

Ruti apretó la copa entre los dedos y luego la apuró°, también de un trago°.

—Tú me conoces bien, Ruti. Tú me conoces muy bien.

Ruti sonrió pálidamente.

El día pasó como otro cualquiera. A eso de las ocho, cuando volvían los obreros de la fábrica° de cemento, el café se llenó. El viejo Tomeu se portó como todos los días, como si no quisiera amargar° las vacaciones de Ruti con su flamante° título. Ruti parecía titubeante°, triste.

El día siguiente transcurrió, también, sin novedad°. No se volvió a hablar del     news
asunto entre ellos dos. Tomeu más bien parecía alegre. Ruti, en cambio, serio y preocupado.

Pasaron dos días más. Un gran calor se extendía sobre la isla. Ruti daba paseos
en barca, bordeando° la costa. Su mirada azul, pensativa, vagaba° por el ancho cielo.     staying close to / roamed
El calor pegajoso° le humedecía la camisa, adhiriéndosela al cuerpo°. Regresaba     sticky / body
pálido, callado. Miraba a Tomeu y respondía brevemente a sus preguntas.

Al tercer día, por la mañana, Tomeu entró en el cuarto de su sobrino y ahijado°.     godson
El muchacho estaba despierto.

—Ruti —dijo suavemente.

Ruti echó mano de° sus gafas, apresuradamente.     echó... reached for

—¿Qué hay, tío?

Tomeu sonrió.

—Nada —dijo—. Salgo, ¿sabes? Quizá tarde algo. No te impacientes.

Ruti palideció°.     turned pale

—Está bien —dijo. Y se echó hacia atrás, sobre la almohada°.     pillow

Era ya mediodía cuando bajó al café. La puerta que daba a la carretera estaba
cerrada. Por lo visto° su tío no tenía intención de atender a la clientela.     Por... Apparently

Ruti se sirvió café. Luego salió atrás, a la playa. La barca amarrada se balanceaba
lentamente.

A eso de las dos vinieron a avisarle. Tomeu se había pegado un tiro, en el camino
de la Tura. Debió de hacerlo cuando salió, a primera hora de la mañana.

Ruti se mostró muy abatido°.     dejected

—¿Sabe Ud. de alguna razón que llevara a su tío a hacer esto?

—No, no puedo comprenderlo... no puedo imaginarlo. Parecía feliz.

Al día siguiente, Ruti recibió una carta. Al ver la letra con su nombre en el sobre, palideció y lo rasgó°, con mano temblorosa. Aquella carta debió de echarla su     tore open
tío al correo° antes de suicidarse, al salir de su habitación.     echarla... mail it

"Querido Ruti: Sé muy bien que no estoy enfermo, porque no sentía ninguno
de los dolores° que te dije. Después de tu reconocimiento° consulté a un médico y     pains / check up
quedé completamente convencido. No sé cuánto tiempo habría vivido aún con mi
salud envidiable, porque estas cosas, como tú dices bien, no se saben nunca del
todo°. Tú sabías que si me creía condenado, no esperaría la muerte en la cama, y     del... completely
haría lo que he hecho, a pesar de° todo; y que, por fin, me heredarías°. Pero te estoy     a... despite / me... you would inherit from me
muy agradecido, Ruti, porque yo sabía que mi dinero era sucio, y estaba ya cansado.
Cansado y, tal vez, eso que se llama arrepentido. Para que Dios no me lo tenga en
cuenta° —tú sabes, Ruti, que soy buen creyente° a pesar de tantas cosas—, les dejo     no... doesn't hold it against me / believer
mi dinero a los niños del Asilo".

## Tema de conversación

En grupos de tres o cuatro, hablen de las personas que los (las) han ayudado en su
vida. ¿Qué tipo de ayuda les han dado? ¿Sienten agradecimiento hacia estas personas? ¿Lo expresan alguna vez? ¿Quién es la persona que más ha influido en su
vida? ¿Han influido Uds. en la vida de alguien? ¿Cómo?

# Desde el punto de vista literario

Comente Ud....

1. ¿En qué ambiente se desarrolla el cuento "El arrepentido"?
2. El lenguaje que utiliza la autora en este cuento es poético. Dé Ud. ejemplos de esto.
3. ¿Es inesperado el desenlace de este cuento? ¿Por qué?
4. ¿Hay ironía en el cuento? Dé ejemplos.

# Composición

Escriba uno o dos párrafos sobre lo siguiente: ¿Qué habría pasado si Ruti le hubiera dicho la verdad a su tío?

# Julia de Burgos *(Puerto Rico: 1914–1953)*

*Julia de Burgos está considerada como una de las mejores poetisas de Puerto Rico. Además, fue una ardiente defensora de su cultura y una verdadera patriota. En sus poemas canta las bellezas de su tierra, y su amor por la naturaleza y la libertad. Sus poemas reflejan su sensi-bilidad° y expresan sus sufrimientos, su amor, su desesperanza° y sus deseos con respecto a su país y a la humanidad. Vivió en el exilio por trece años y murió, triste y sola, en la ciudad de Nueva York. Entre sus obras merecen citarse:* Poema en veinte surcos *(1938),* Canción de la verdad sencilla *(1939), que fue premiado por el Instituto de Literatura Puerto-rriqueña, y* El mar y tú *(1954).*

sensitivity / despair

## Actividades de preparación

A. Fíjese Ud. en el título del poema. Si la autora le "habla" a Julia de Burgos, quiere decir que ella se siente dividida en dos personalidades. Teniendo en cuenta esto al leer el poema, ¿qué diferencia hay entre las "dos mujeres"?

B. Al leer el poema, encuentre las respuestas a las siguientes preguntas.

1. Según la poetisa, ¿qué murmura la gente?
2. Si la poetisa es la esencia, ¿qué es "la otra"?
3. Según la autora, ¿qué hace ella en sus poemas?
4. Si "la otra" es la señora, ¿qué es la poetisa?
5. ¿A quién pertenece la poetisa y a quién pertenece "la otra"?
6. En la última estrofa, ¿cómo expresa la autora la idea de que ella es libre y "la otra" no lo es?

# A Julia de Burgos *(Fragmento)*

Ya las gentes murmuran que yo soy tu enemiga,
porque dicen que en versos doy al mundo tu yo.

Mienten, Julia de Burgos. Mienten, Julia de Burgos.
La que se alza° en mis versos no es tu voz; es mi voz,
porque tú eres ropaje° y la esencia soy yo;
y el más profundo abismo se tiende° entre las dos.

Tú eres fría muñeca° de mentira social,
y yo, viril destello° de la humana verdad.

Tú, miel° de cortesanas° hipocresías; yo no;
que en todos mis poemas desnudo el corazón.

Tú eres como tu mundo, egoísta; yo no;
que todo me lo juego a ser lo que soy yo.

se... rises<br>
clothing<br>
se... stretches<br><br>
doll<br>
flash<br><br>
honey / polite

Tú eres sólo la grave señora señorona°;
yo no; yo soy la vida, la fuerza, la mujer.

great lady

Tú eres de tu marido, de tu amo°; yo no;
yo de nadie, o de todos, porque a todos, a todos,
en mi limpio sentir y en mi pensar me doy.

master

Tú te rizas° el pelo y te pintas; yo no;
a mí me riza el viento; a mí me pinta el sol.

curl

Tú eres dama casera°, resignada, sumisa°,
atada a los prejuicios de los hombres; yo no;
que yo soy Rocinante[1] corriendo desbocado°
olfateando° horizontes de justicia de Dios.

**dama...** lady of the house /
meek

wildly
sniffing

## Tema de conversación

¿Cómo nos vemos nosotros mismos y cómo nos ven los demás? ¿Cómo somos en realidad? ¿Cuántos papeles diferentes desempeñamos en la vida? ¿Esto se hace difícil a veces? En pequeños grupos, hablen sobre los diferentes aspectos de este tema.

## Desde el punto de vista literario

Comente Ud....

1. Busque ejemplos de metáforas en el poema.
2. ¿Qué palabras usa la autora para darle énfasis al total contraste que existe entre las dos Julias?

---

[1]Rocinante es el caballo de don Quijote.

# Lecturas suplementarias

## Selecciones poéticas

# *César Vallejo* (Perú: 1892–1938)

*Este gran poeta peruano del siglo XX dedicó su vida a la poesía y a la política. Alma idealista y sensible°, Vallejo creía en la hermandad de los seres humanos y la exaltó en sus versos. Escribió* Los heraldos negros *(1918),* Trilce *(1922),* Poemas humanos *(1939) y* España, aparta de mí este cáliz *(1939). El poema "Masa", que presentamos a continuación, pertenece a este último libro.*

sensitive

## Preparación

Este poema trata de la hermandad y de la importancia de cada individuo. ¿Qué palabras y expresiones le sugieren a Ud. estos temas?

# *Masa*

Al fin de la batalla,
y muerto el combatiente, vino hacia él un hombre
y le dijo: "¡No mueras; te amo tanto!"
Pero el cadáver ¡ay! siguió muriendo.

Se le acercaron dos y repitiéronle:
"¡No nos dejes! ¡Valor°! ¡Vuelve a la vida!"
Pero el cadáver ¡ay! siguió muriendo.

Courage

Acudieron° a él veinte, cien, mil, quinientos mil,
clamando: "¡Tanto amor y no poder nada contra la muerte!"
Pero el cadáver ¡ay! siguió muriendo.

They came

Le rodearon° millones de individuos,
con un ruego común: "¡Quédate hermano!"
Pero el cadáver ¡ay! siguió muriendo.

**Le...** He was surrounded by

Entonces todos los hombres de la tierra
le rodearon; les vio el cadáver triste, emocionado°:
incorporóse° lentamente,
abrazó al primer hombre; echóse a andar°...

touched
he got up
**echóse...** he started to walk

## Díganos...

1. ¿Cuál es el estribillo en el poema "Masa", y qué logra (*achieves*) el poeta al usarlo?
2. ¿Cuál es el tema del poema de César Vallejo?

# Herib Campos Cervera *(Paraguay: 1908–1953)*

*Herib Campos Cervera dejó un solo libro, que tituló* Ceniza redimida. *Escribió poesía social, pero sus mejores poemas son aquéllos en los que expresa su amor y su nostalgia por su tierra.*

## Preparación

Antes de leer "Un puñado de tierra", fíjese en el título y búsquelo en los versos del poema. ¿Qué le sugiere a Ud. esta repetición?

# Un puñado° de tierra

handful

Un puñado de tierra
de tu profunda latitud;
de tu nivel de soledad perenne°;  perpetual
de tu frente de greda° cargada de sollozos germinales°.  clay / **sollozos...** budding sobs

Un puñado de tierra,
con el cariño° simple de sus sales  love
y su desamparada° dulzura de raíces.  helpless

Un puñado de tierra que lleve entre sus labios
la sonrisa y la sangre° de tus muertos.  blood
Un puñado de tierra
para arrimar° a su encendido número  to draw near
todo el frío que viene del tiempo de morir.

Y algún resto de sombra de tu lenta arboleda°  grove
para que me custodie° los párpados° del sueño.  guard / eyelids

Quise de Ti tu noche de azahares°;  orange blossoms
quise tu meridiano caliente y forestal;
quise los alimentos minerales que pueblan°  populate
los duros litorales de tu cuerpo enterrado°,  buried
y quise la madera de tu pecho.

Eso quise de Ti.
—Patria de mi alegría y de mi duelo°,  mourning
eso quise de Ti.

## Díganos...

1. Al leer este poema, ¿cómo se sabe que el autor está lejos de su país?
2. Herib Campos Cervera es un poeta paraguayo. Leyendo su poema, ¿cómo imagina Ud. el Paraguay?

## *Julia de Burgos*[1] *(Puerto Rico: 1916–1953)*

### Preparación

Al leer el poema por primera vez, fíjese en las frases que la autora usa para referirse al mar. ¿Qué tono le da esto al poema?

## *Letanía del mar*°                                                      sea

Mar mío,
mar profundo que comienzas en mí,
mar subterráneo y solo
de mi suelo de espadas° apretadas.                                        swords

Mar mío,
mar sin nombre,
desfiladero turbio° de mi canción despedazada°,                           **desfiladero...** muddy canyon / torn / bewildered
roto y desconcertado° silencio transmarino,
azul desesperado,
mar lecho°,                                                               bed
mar sepulcro°...                                                         tomb

Azul.
lívido azul,
para mis capullos° ensangrentados°,                                       buds / blood-stained
para la ausencia de mi risa°,                                            laughter
para la voz que oculta° mi muerte con poemas...                          hides

Mar mío
mar lecho,
mar sin nombre,
mar a deshoras°,                                                         **a...** untimely
mar en la espuma del sueño,
mar en la soledad desposando crepúsculos°,                               **desposando...** betrothing twilights / flyings to and fro
mar viento descalzando mis últimos revuelos°,
mar tú,
mar universo...

### Díganos...

1. ¿De qué manera expresa Julia de Burgos su obsesión por el mar que rodea (*surrounds*) su tierra?
2. ¿Qué representa este mar para ella?

---

[1]Ver biografía en la página 118.

# Francisco Mena-Ayllón (España: 1936–   )

*Francisco Mena-Ayllón nació en Madrid, pero vive en los Estados Unidos desde 1960. Ha publicado sus poemas en varias revistas españolas y latinoamericanas. Entre sus libros figuran* Retratos y reflejos *(1974),* Sonata por un amor *(1976),* Un grito a la vida *(1977) y* La tierra se ha vestido de vida *(1977). El poema que presentamos a continuación pertenece a la colección* Retratos y reflejos.

## Preparación

Fíjese en el título del poema. ¿Qué le sugiere a Ud.? ¿Qué elementos o imágenes espera Ud. encontrar en un poema titulado "Otoño"?

# Otoño

De los temblorosos° brazos     trembling
cae la dorada pluma°.     feather
Como barco en la mar
al aire se aventura.
Y navega° el espacio     sails
por tan sólo un instante.
Otra...
     otra...
       otra...

Envidiosas persiguen°     they chase
el rumbo° siniestro     direction
de la nada.
Y en el polvo° mojado,     dust
como pájaros° muertos     birds
se duelen
de no poder volver
al nido° de la rama°.     nest / branch

## Díganos...

1. ¿Qué símiles usa Francisco Mena-Ayllón en su poema "Otoño" para describir las hojas que caen de los árboles?
2. ¿Cuál es el tono del poema?

## Selecciones de prosa

# _Javier de Viana_[1] _(Uruguay: 1868–1926)_

## Preparación

¿Qué le dice a Ud. el título del cuento? ¿Qué clase de persona es "el viejo Pedro"? El autor habla de la diferencia entre "matar" y "asesinar". ¿Qué cree Ud. que significa esto en relación con el título?

# _El crimen del viejo Pedro_ (Adaptado)

En el pago° de Quebracho Chico había un viejo que cuando era muchacho todos lo nombraban simplemente "Pedro", y más tarde "Pedro Lezama", y después "el viejo Lezama" y al último, "el Viejo", nada más.    *town*

En el pago de Quebracho Chico había, naturalmente, muchos viejos; pero cuando se nombraba "el Viejo", así, a secas°, todos sabían que era refiriéndose al viejo Pedro Lezama.    *a... nothing more*

Nadie sabía a ciencia fija° su edad, pero era muy viejo, muy viejo. Lo extraordinario era que parecía haber nacido viejo o no haber envejecido°, porque, a través de los años y las generaciones que lo contemplaban, era una cosa siempre igual, como el sol, como la luna, como el río, como la loma.    *a... with certainty*    *gotten old*

De chico fue un infeliz, sumiso°, inofensivo°, siempre dispuesto a hacerse a un lado para dar paso a otro, u otros que venían de atrás empujando. Si alguno le pisaba la cola° a un perro, casi siempre él estaba al lado y el perro lo mordía° a él y con frecuencia recibía, sobre la mordedura°, un golpe del capataz° o del patrón° o de un peón° cualquiera, por haberle pisado la cola al perro.    *docile / harmless*    *tail / bit*    *bite / foreman / boss*    *laborer*

Y en su mocedad° y en su edad madura y en su vejez, siguió siempre pisándole la cola al perro y siempre con las mismas consecuencias desagradables.    *youth*

Conociéndosele como se le conocía a Pedro Lezama, al viejo Lezama, al Viejo, nadie en el pago hubiera podido admitir que fue capaz de una rebelión, de un acto de energía impositiva.

Y, sin embargo, la tuvo el día que asesinó° a su patrón.    *murdered*

¿Asesinó?... Yo digo simplemente, mató. Asesinar y matar no son sinónimos muchas veces, y me parece que en este caso menos que en otro ninguno.

Es cierto que cuando el policía fue y preguntó:

—¿Quién fue el autor del hecho? —él dijo tranquilamente:

—Fui yo.

Y cuando la autoridad interrogó otra vez:

---

[1]Ver biografía en página 43.

—¿Las veintiuna puñaladas° que tiene el difunto, se las hizo usté[2]?—él **stabs**
respondió con una franqueza que hubiera parecido cínica:

—Yo mismo; las veintiuna, si son veintiuna, pero yo no las conté.

Instruido° el sumario[3], lo enviaron a la cárcel°, se inició el proceso°, el fiscal° **Having been heard / jail / trial / district attorney**
pidió la última pena y el defensor —un defensor de oficio[4]— no encontró otro argu- **insanity**
mento en favor de su cliente que alegar un caso de locura° senil.

El Viejo se hizo explicar el valor de aquellos términos para él incomprensibles, y
luego dijo:

—Oiga, señor juez. Para mí, que me fusilen° o me larguen°, lo mismo me da; y **execute / set free**
aun prefiero lo primero, porque el buey° viejo más agradece que lo maten cuando ya **ox**
no tiene fuerzas ni para trabajar... Pero antes es necesario que diga por qué he
matado a un cristiano, yo que nunca he sabido matar un pájaro.

Y contó su caso con frases claras y concisas, con voz serena, más como quien re- **un... another's deed**
lata un hecho ajeno° que como quien hace su propia defensa.

La causa inocente de su desgracia había sido el chiquitín Domingo, "Barba de **Corn silk**
Choclo°", como lo llamaban todos.

El chiquilín era huérfano, uno de esos seres que nacen huérfanos, como algunos **Se... He was raised / ranch**
pájaros. Se crió° en la estancia°, compartiendo la áspera caridad de los amos con los **lambs**
corderos° y los cachorros.

Barba de Choclo era débil, pobre de músculos y de sangre. Tenía, eso sí, una **curly**
linda cabeza copiosamente poblada de ensortijados° cabellos de un rubio rojizo, y la **skin**
tez° blanca y pálida y los ojos azules y tristes.

Su espíritu parecía siempre ausente, y cuando le hablaban necesitaba dejar pasar **darse... realize / slowness**
varios minutos antes de darse cuenta° de lo que le decían. Su pereza° mental y física
le traía a diario, de parte de la patrona, sus hijas, las peonas y todas las mujeres de la
estancia, brutales tirones de las mechas; y de parte del patrón, del capataz, de los **kicks**
peones y hasta de los muchos muchachos de la estancia, golpes y patadas°.

Hacía tiempo que el viejo observaba esas iniquidades, indignándose por dentro,
sin atreverse a protestar.

—Así fue conmigo —pensaba— ; desde chiquito.

Y una tarde que el patrón se levantó de la siesta malhumorado, se fue a donde **small horse / rasquetearlo...**
tenía atado un potrillo° y se dispuso a rasquetearlo y cepillarlo°. **brush him**

Quiso la mala suerte que Barba de Choclo estuviese allí. El patrón desató el **halter / grooming / horse**
cabestro° y se lo entregó, mientras él operaba el aseo° del pingo°. Éste, nervioso y
arisco, se revolvía impaciente y concluyó por arrancar el cabestro de las débiles
manos del chico, y corrió campo afuera.

El estanciero quedó un momento indeciso; y luego, temblando de cólera, **delivered / blow**
asestó° con la rasqueta de hierro un golpe° feroz en la cara del chico, quien con los **Se... collapsed**
dientes rotos y la cara bañada en sangre, se desplomó° quejándose angustiosamente.

---

[2]usté - usted

[3]The *sumario* is the body of evidence examined to support or bring about an indictment.

[4]professional defense attorney (a state-appointed attorney)

—Y fue entonces —terminó el Viejo— que yo no pude contenerme más. Saqué el cuchillo y se lo sumí° al patrón una vez, cinco veces, diez veces, veinte veces, y si no le di más puñaladas es porque no había más sitio en el cuerpo.

    stuck

Y terminó, sereno, satisfecho de su obra:

—Eso fue lo que pasó. Yo no sé cómo tuve coraje para hacerlo, pero lo hice. ¡Y para l'única° vez que supe ser hombre en toda mi vida, que no me vengan a decir que lo hice porqu'estaba° loco.

    la única

    porque estaba

# Díganos...

1. ¿Cómo se sabe que, en Quebracho Chico, todos conocían a Pedro Lezama?
2. ¿Cómo fue la niñez del viejo Pedro?
3. ¿A quién mató el viejo Pedro?
4. ¿Comó lo mató?
5. ¿Qué dice el abogado para defender al viejo Pedro?
6. ¿Le preocupa al Viejo lo que puedan hacerle?
7. ¿Qué sabe Ud. de Barba de Choclo?
8. ¿Son similares la vida del niño y la niñez del Viejo?
9. ¿Qué le hizo el patrón a Barba de Choclo?
10. ¿Por qué no quiere el Viejo que digan que él estaba loco cuando mató al patrón?

# Reinaldo Arenas *(Cuba: 1943–1990)*

*Reinaldo Arenas es una de las figuras más conocidas de la nueva narrativa latinoamericana. Leído internacionalmente, sus obras se han traducido a muchos idiomas. Ha publicado las novelas* Celestino antes del alba *(1967),* El mundo alucinante *(1969) y* El palacio de las blanquísimas mofetas *(1980).*

*Arenas es un prosista de gran capacidad poética, que siempre lleva al lector de lo real a lo fantástico. A continuación aparece su cuento "Con los ojos cerrados", de la colección* Termina el desfile.

## Preparación

Ud. acaba de leer que la prosa de Reinaldo Arenas "lleva al lector de lo real a lo fantástico". Teniendo en cuenta esto y el hecho de que el protagonista es un niño de ocho años, ¿qué cosas cree Ud. que un niño puede ver con los ojos cerrados?

## Con los ojos cerrados *(Adaptado)*

A usted sí se lo voy a decir, porque sé que si se lo cuento a usted no se va a reír ni me va a regañar°. Pero a mi madre no. A mamá no le voy a decir nada, porque si lo hago me va a regañar. Y, aunque es casi seguro que ella probablemente tiene la razón, no quiero oír ningún consejo°.

Por eso°. Porque sé que usted no me va a decir nada, se lo digo todo, pero no se lo cuente a mamá.

Como solamente tengo ocho años voy todos los días a la escuela. Y aquí empieza la tragedia, pues debo levantarme muy temprano —cuando el gallo° que me regaló la tía Ángela ha cantado dos veces— porque la escuela está bastante° lejos.

A eso de las seis de la mañana empieza mamá a pelearme° y decirme que me tengo que levantar y ya a las siete estoy sentado en la cama y estrujándome° los ojos. Entonces todo lo tengo que hacer corriendo: ponerme la ropa corriendo, llegar corriendo hasta la escuela y entrar corriendo en la fila° pues ya han tocado el timbre° y la maestra está parada° en la puerta.

Pero ayer fue diferente porque la tía Ángela debía irse para Oriente y tenía que coger el tren antes de las siete. Y se formó un alboroto° enorme en la casa porque todos los vecinos vinieron a despedirla. Con aquel escándalo tuve que despertarme y, como estaba despierto, me decidí a levantarme. Salí en seguida para la escuela, aunque todavía era bastante temprano.

Hoy no tengo que ir corriendo, me dije. Y empecé a andar muy despacio. Y cuando fui a cruzar° la calle me tropecé con un gato que estaba acostado en la acera°. —Buen lugar escogiste para dormir— le dije, y lo toqué con el pie. Pero no se movió. Entonces me arrodillé° junto a él y pude ver que estaba muerto. Qué lástima, porque era un gato grande y de color amarillo que seguramente no tenía ningún deseo de morirse. Seguí andando.

scold

advice

**Por...** That's why

rooster
quite
to nag me
rubbing

line / bell
standing

uproar

to cross / sidewalk

**me...** I knelt down

Como todavía era temprano, fui hasta la dulcería° porque, aunque está lejos de la escuela, hay siempre dulces frescos y sabrosos°. En esta dulcería hay también dos viejitas paradas en la entrada con las manos extendidas°, pidiendo limosnas°... Un día yo le di un medio[1] a cada una, y las dos me dijeron al mismo tiempo: "Dios te haga un santo". Eso me hizo reír. Desde entonces, cada vez que paso por allí, me miran con sus caras de pasas° y no me queda más remedio que° darles un medio a cada una. Pero ayer no pude darles nada porque hasta la peseta[2] de la merienda la gasté° en tortas de chocolate. Y por eso salí por la puerta de atrás y así las viejitas no me vieron.

Ahora sólo tenía que cruzar el puente°, caminar dos cuadras° y llegar a la escuela.

En ese puente me paré un momento porque oí un enorme alboroto allá abajo, en la orilla° del río°. Cuando miré, vi que un grupo de muchachos tenía atrapada una rata de agua en un rincón° y le gritaban y le tiraban° piedras. La rata corría de un extremo a otro del rincón pero no se podía escapar. Por fin, uno de los muchachos cogió un pedazo de bambú y golpeó a la rata hasta matarla. Los muchachos la tiraron hasta el centro del río. La rata muerta siguió flotando hasta perderse en la corriente.

Los muchachos se fueron con el alboroto hasta otro rincón del río y yo también empecé a andar.

Caramba —me dije—, qué fácil es caminar sobre el puente. Se puede hacer hasta con los ojos cerrados, pues a un lado tenemos las rejas° que no lo dejan a uno caer al agua, y del otro, la acera. Y para comprobarlo° cerré los ojos y seguí caminando. Y no se lo diga usted a mi madre, pero con los ojos cerrados uno ve muchas cosas, y hasta mejor que si los tiene abiertos... Lo primero que vi fue una gran nube° amarilla que brillaba° unas veces más fuerte que otras, igual que el sol cuando se va cayendo entre los árboles. Entonces apreté los párpados° y la nube roja se volvió de color azul. Pero no solamente azul, sino verde. Verde y morada. Morada brillante como un arco iris°.

Y, con los ojos cerrados, empecé a pensar en las calles y en las cosas mientras caminaba. Y vi a mi tía Ángela saliendo de la casa. Pero no con el vestido rojo que siempre se pone cuando va para Oriente, sino con un vestido largo y blanco.

Y seguí andando. Y me tropecé de nuevo° con el gato en la acera. Pero esta vez, cuando lo toqué con el pie, dio un salto° y salió corriendo. Salió corriendo el gato amarillo y brillante porque estaba vivo y se asustó° cuando lo desperté.

Seguí caminando, con los ojos desde luego bien cerrados. Y así fue como llegué hasta la dulcería. Pero como no podía comprarme ningún dulce pues ya había gastado hasta la última peseta de la merienda, me contenté con mirarlos a través de la vidriera°. Y estaba así, mirándolos, cuando oigo dos voces detrás del mostrador° que me dicen: "¿No quieres comer algún dulce?" Y cuando levanté la cabeza vi que las dependientas° eran las dos viejitas que siempre estaban pidiendo limosnas a la entrada de la dulcería. No supe qué decir. Pero ellas parece que adivinaron° mis deseos

---

[1]five cents (*Cuba*)

[2]twenty cents (*Cuba*)

### Margin glossary

confectioner's shop
tasty
outstretched / alms

raisins / **no...** I have no choice but to / spent

bridge / blocks

edge / river
corner / threw

iron gates
to verify it

cloud
shone
**apreté...** I shut my eyes

**arco...** rainbow

**de...** again
**dio...** he jumped up
**se...** he was frightened

store window / counter

clerks
guessed

y sacaron una torta grande y casi colorada hecha de chocolate y de almendras°. Y me     almonds
la pusieron en las manos.

Y yo me volví loco° de alegría con aquella torta tan grande, y salí a la calle.     me... I went crazy

Cuando iba por el puente con la torta entre las manos, oí otra vez el escándalo de los muchachos. Y (con los ojos cerrados) los vi allá abajo, nadando rápidamente hasta el centro del río para salvar una rata de agua, pues la pobre parece que estaba enferma y no podía nadar.

Los muchachos sacaron° la rata del agua y la depositaron sobre una piedra para     took out
que se secara° al sol. Entonces fui a llamarlos para invitarlos a comer todos juntos la     dry (oneself)
torta de chocolate.

De veras que los iba a llamar. Levanté las manos con la torta encima para mostrársela y todos vinieron corriendo. Pero entonces, "puch", me pasó el camión casi por arriba° en medio de la calle que era donde, sin darme cuenta, me había     me... the truck almost ran over me
parado.

Y aquí me ve usted: con las piernas blancas por el esparadrapo° y el yeso°. Tan     adhesive tape / cast
blancas como las paredes de este cuarto, donde sólo entran mujeres vestidas de blanco para darme un pinchazo° o una pastilla° también blanca.     shot / pill / lie

Y no crea que lo que le he contado es mentira°. No piense que porque tengo un poco de fiebre y a cada rato me quejo del dolor en las piernas, estoy diciendo mentiras, porque no es así. Y si usted quiere comprobar si fue verdad, vaya al puente, que seguramente debe estar todavía, en el medio de la calle, sobre el asfalto, la torta grande y casi colorada, hecha de chocolate y almendras, que me regalaron las dos viejitas de la dulcería.

# Díganos...

1. ¿Qué debe hacer el niño todas las mañanas?
2. ¿Qué fue lo que interrumpió la rutina del niño?
3. ¿Qué encontró el niño cuando iba camino de la escuela?
4. ¿Qué sabe Ud. sobre las dos viejitas que están siempre a la entrada de la dulcería?
5. ¿Qué vio el niño desde el puente?
6. ¿Qué fue lo primero que vio el niño cuando cerró los ojos?
7. ¿Qué pasó la segunda vez que el niño vio al gato?
8. ¿Por qué estaba muy contento el niño cuando salió de la dulcería?
9. Cuando el niño tenía los ojos cerrados, ¿qué hicieron los muchachos con la rata?
10. ¿Qué le pasó al niño cuando estaba parado en medio de la calle?
11. ¿Dónde está el niño ahora?
12. Según el niño, ¿cómo podemos comprobar que él no está mintiendo?

# Julio Cortázar[1] *(Argentina: 1914–1984)*

## Preparación

Lea Ud. las primeras líneas del cuento y contraste lo que se dice allí con el título del cuento. ¿Qué cree Ud. que va a suceder?

# Los amigos *(Adaptado)*

En ese juego todo tenía que andar rápido. Cuando el Número Uno decidió que había que liquidar° a Romero y que el Número Tres se encargaría° del trabajo, Beltrán recibió la información pocos minutos más tarde. Tranquilo pero sin perder un instante, salió del café de Corrientes y Libertad y se metió° en un taxi. Mientras se bañaba en su departamento,° escuchando el noticioso,° se acordó de que había visto por última vez a Romero en San Isidro, un día de mala suerte en las carreras°. En ese entonces° Romero era un tal° Romero, y él un tal Beltrán; buenos amigos antes de que la vida los metiera por caminos tan distintos. Sonrió casi sin ganas°, pensando en la cara que pondría Romero al encontrárselo de nuevo, pero la cara de Romero no tenía ninguna importancia y en cambio había que° pensar despacio° en la cuestión del café y del auto. Era curioso° que al Número Uno se le hubiera ocurrido hacer matar a Romero en el café de Cochabamba y Piedras, y a esa hora; quizá, si había que creer en ciertas informaciones, el Número Uno ya estaba un poco viejo. De todos modos la torpeza° de la orden le daba una ventaja°: podía sacar el auto del garaje, estacionarlo con el motor en marcha° por el lado de Cochabamba, y quedarse esperando a que Romero llegara como siempre a encontrarse con los amigos a eso de las siete de la tarde. Si todo salía bien° evitaría que Romero entrase en el café, y al mismo tiempo que los del café vieran o sospecharan su intervención. Era cosa de suerte° y de cálculo, un simple gesto (que Romero no dejaría de ver° porque era un lince°), y saber meterse en el tráfico y pegar la vuelta a toda máquina°. Si los dos hacían las cosas como era debido —y Beltrán estaba tan seguro de Romero como de él mismo— todo quedaría despachado° en un momento. Volvió a sonreír pensando en la cara del Número Uno cuando más tarde, mucho más tarde, lo llamara desde algún teléfono público para informarle de lo sucedido.

    Vistiéndose despacio, acabó el atado° de cigarrillos y se miró un momento al espejo. Después sacó otro atado del cajón, y antes de apagar° las luces comprobó° que todo estaba en orden. Los gallegos° del garaje le tenían el Ford como una seda°. Bajó por Chacabuco, despacio, y a las siete menos diez se estacionó a unos metros de la puerta del café, después de dar dos vueltas a la manzana° esperando que un camión de reparto° le dejara el sitio. De cuando en cuando apretaba un poco el acelerador para mantener° el motor caliente.

---

kill / **se...** would take charge

**se...** got in
apartment / news
races
**En...** In those days / **un...**
a guy named / enthusiasm

**había...** one had to / slowly
strange

stupidity / advantage
**en...** running

**salía...** turned out well

**Era...** It was a matter of
luck / **no...** was sure to
see / shrewd person /
**pegar...** turn around at
full speed / **quedaría...**
would be settled

pack
to turn off / verified
people from Galicia /
**como...** running
smoothly / **dar...** going
around the block twice /
**camión...** delivery truck /
to keep

---

[1]Ver biografía en página 64.

A las siete menos cinco vio venir a Romero por la vereda° de enfrente°; lo reconoció en seguida por el chambergo° gris y el saco cruzado. Con una ojeada° a la vitrina° del café, calculó lo que tardaría en cruzar la calle y llegar hasta ahí. Pero a Romero no podía pasarle nada a tanta distancia del café; era preferible que cruzara la calle y subiera a la vereda. Exactamente en ese momento, Beltrán puso el coche en marcha° y sacó el brazo por la ventanilla. Tal como° había previsto, Romero lo vio y se detuvo sorprendido. La primera bala° le dio entre los ojos, después Beltrán tiró° al montón° que se derrumbaba°. El Ford salió en diagonal, adelantándose a un tranvía°, y dio la vuelta por Tacuarí. Manejando sin apuro°, el Número Tres pensó que la última visión de Romero había sido la de un tal Beltrán, un amigo del hipódromo° en otros tiempos.

*sidewalk / across*

*type of hat / glance*

*window (in a store, etc.)*

**puso...** *started the car /* **Tal...** *Exactly as / bullet / shot / heap / collapsed*

*street car / rush*

*race track*

## Díganos...

1. ¿Qué decide el Número Uno y quién se va a encargar del trabajo?
2. ¿Qué hace Beltrán al recibir la información?
3. ¿De qué se acuerda mientras se baña y escucha el noticioso?
4. ¿Conoce Beltrán a Romero?
5. ¿Dónde quiere el Número Uno que maten a Romero?
6. ¿A qué hora se encuentra Romero con sus amigos generalmente?
7. Según piensa Beltrán, ¿qué va a pasar si todo sale bien?
8. ¿Qué tiene que hacer Beltrán antes de estacionar el coche?
9. ¿Qué está esperando?
10. ¿Qué hace Romero cuando ve a Beltrán?
11. ¿Dónde le da la primera bala?
12. ¿Qué piensa el Número Tres mientras maneja su coche?

# Olga Carreras González *(Cuba: 1930 – )*

*Nació en Camagüey, Cuba. Se graduó de abogada en la Universidad de la Habana y obtuvo un doctorado en literatura española en la Universidad de California, Riverside. Ha publicado numerosos artículos en revistas literarias de Estados Unidos, Hispanoamérica y España. Es autora de un libro crítico sobre la obra de Gabriel García Márquez:* El mundo de Macondo en la obra de Gabriel García Márquez. *Actualmente es profesora de lengua y literatura española en la Universidad de Redlands, California.*

## Preparación

Fíjese en el título del cuento. ¿Qué le sugiere a Ud.? Lea cuidadosamente los primeros renglones del cuento. ¿Qué establece en ellos la autora en cuanto a la situación de la protagonista? El paso del tiempo tiene una gran importancia en este cuento. Al leerlo, fíjese en la forma en que lo usa la autora.

# La venganza

Miró nerviosamente el relojito. Hubiera querido que sus manecillas° volaran por la esfera° y la acercaran al instante ansiado°. El coche corría velozmente, pero con más lentitud que sus pensamientos. La niebla suave que casi sentía palpable como un algodón°, la ayudaba en su alejarse° del mundo, le hacía sentir la dulzura de lo impreciso. Esas líneas difumadas eran el mundo para ella, sólo él estaba claro en su mente, sólo su amor, su deseo, sus caricias no se disipaban en la niebla. Corría hacia su amante, era la última oportunidad de su vida, una hora más y estaría en sus brazos definitivamente. —Definitivamente— repitió la palabra de nuevo en voz alta, saboreándola°, sintiendo su dulzor° de fruta en sazón°. Volvieron a su mente los años vividos antes de conocerlo, su vida como un río de aguas quietas, su matrimonio que ella ingenuamente° creyó por amor, el esposo bondadoso, dulce, comprensivo. El encuentro de un despertar de ansias desconocidas, las dudas, los remordimientos, las indecisiones, el dolor de herir° al hombre que la adoraba. Ahora se preguntaba cómo había podido esperar tanto, cómo había podido dudar durante días interminables. Quizás sin las palabras del amante —Hoy a las cuatro o nunca, me iré donde no me encuentres jamás— no se hubiera atrevido° a confesarle a Gabriel sus sentimientos. Aquellas palabras y la seguridad de que eran definitivas, le dieron la fuerza hasta para aplastarlo° si hubiera sido necesario. ¡Pero no lo fue! Gabriel era tan comprensivo, la amaba hasta el extremo de anteponer su felicidad a la propia°. Comprendió, la dejó marchar hacia la culminación de su destino.

No necesitaba mirar de nuevo el relojito. Los minutos los marcaba su sangre gozosa°, los sentía latir° en sus venas, menos de una hora ya y estaría en sus brazos para siempre, protegida, segura, ansiosa y viva como no lo había estado jamás.

Algo la arrancó bruscamente de aquel ensueño feliz. Aquel hombre que agitaba° los brazos desesperado, junto al coche rojo detenido al borde de la carretera, el

---

hands
face / longed-for

cotton / **su...** her getting away

tasting it / sweetness / **en...** in season
naively

hurt

dared

crush him

**a...** to his own

joyful / beat

was waving

coche de Gabriel, ¿qué hacía él allí? Buscaba seguramente el último recuerdo, la despedida final que atesorar° en horas de soledad. Seguiría, no quería perder un instante de felicidad. Pero recordó que llevada por sus ansias había salido con anticipación, tenía unos instantes que entregar como una limosna° a aquel hombre, por su comprensión, su bondad, su ternura, ¡bien los merecía Gabriel! Tuvo que hacer, sin embargo, un esfuerzo de voluntad para detener el coche.

El desconocido, casi un niño asustado, parecido a Gabriel como el hijo que hubieran podido tener, aprovechando su confusión la arrastró° hacia el maletero del coche. Sintió el pañuelo que se anudaba lastimándole los labios. A sus oídos llegaban palabras aisladas, sin sentido, palabras increíbles que no penetraban la oscuridad de su mente: "policía... el coche roto... huir... la salvación... sólo unos minutos". Y esa sola frase tuvo sentido. Unos minutos... tenía varios que perder, todavía había esperanzas. Se dejó llevar sin ofrecer resistencia, casi corrió ella misma hacia el maletero, lo único que importaba era el tiempo, el tiempo y él. Hubiera querido gritarle a aquel hombre —pronto, pronto— pero no podía decir una palabra y su cerebro se centraba en esa sola idea y no funcionaba para nada más.

Sintió alivio al arrancar° el auto, al notar la velocidad que la acercaba al amante. Un frenazo y el coche se torció° como una víbora°. Unos minutos... ¡pero en sentido contrario°: Se alejaba de él y el tiempo pasaba inexorable, uno... dos... quince... segundos... minutos... Nunca más, decían las ruedas, nunca más, repetían sus sentidos. Nunca más.

¡Oh detente°, detente tiempo unos minutos, no quiero, no quiero que pases, detente! Y la seguridad de haberlo perdido que la ganaba por instantes, aquel miedo que subía lentamente por sus miembros como una parálisis. Contaba, recontaba los minutos. Estaba segura del tiempo como si un reloj gigante estuviera ante sus ojos. Jamás... jamás... repetían los latidos, el tictac de aquel reloj enorme en que se sentía convertida.

Nada importaba ya, no llegaría jamás, los brazos de él no la ampararían° ya del mundo, de las miserias, del dolor, del miedo. Todos los minutos soñados, ansiados, vividos con la imaginación, no se harían realidad. La imagen de él se borraba° como antes las cosas en la niebla. A cada instante menos de él, menos de sus manos, menos de sus ojos, menos de su calor. Se iba hundiendo° en la seguridad que la poseía de haberlo perdido.

Sintió el coche detenerse. El raptor° había cumplido° su promesa: "sólo unos minutos". Oyó los pasos apresurados, ¿temía encontrar su cadáver? Estaba viva, sus pulmones° habían soportado la prueba; el aire viciado, caliente, sofocante que aspiraba a chorros había bastado para conservar su vida, ¿su vida? Su vida se había perdido con cada pulsación de su sangre que anunciaba un segundo más. Ya nada quedaba. Sin dudarlo, fríamente, casi con alegría, la última que la vida habría de brindarle, tomó el pequeño revólver que guardaba en la caja de herramientas°. Acarició el gatillo° como a una piel amada y recuperó por un instante el calor del amante. Al abrirse la cajuela° del coche lo apretó con firmeza. Y sintió caer el cuerpo con la serenidad del que cumple un rito.

---

°to treasure

°alms

°dragged

°start
se... twisted / snake
en... the opposite way

°stop

°protect

se... was being erased

°sinking

°kidnapper / kept

°lungs

caja... tool box
°trigger
°small box

# Díganos...

1. ¿Qué era lo único que estaba claro en la mente de la protagonista?
2. ¿Cómo describe su vida antes de conocer a su amante?
3. ¿Qué va a pasar hoy a las cuatro de la tarde?
4. ¿Qué dice ella de Gabriel?
5. ¿Por qué se detiene la protagonista en el camino?
6. ¿Qué hace el hombre que está junto al coche?
7. ¿Cómo muestra la escritora la angustia de la protagonista ante el paso del tiempo?
8. ¿Por qué mata la protagonista a su raptor?

## Dos ensayos

# José Martí[1] *(Cuba: 1853–1895)*

## Preparación

Fíjese en el título del ensayo. ¿Qué le sugiere a Ud.? Piense en los problemas que existen entre las diferentes razas. ¿Qué posibles soluciones se le ocurren a Ud. para resolverlos?

# Mi raza *(Selección adaptada)*

Ésa de racista es una palabra confusa y hay que ponerla en claro. El hombre no tiene ningún derecho° especial porque pertenezca° a una raza o a otra: dígase hombre, y ya se dicen todos los derechos. El negro, por negro, no es inferior ni superior a ningún otro hombre; peca° por redundante el blanco que dice "Mi raza"; peca por redundante el negro que dice "Mi raza". Todo lo que divide a los hombres, todo lo que especifica, aparta° o acorrala es un pecado contra la humanidad. ¿A qué blanco sensato se le ocurre envanecerse° de ser blanco, y ¿qué piensan los negros del blanco que se envanece de serlo? ¿Qué han de pensar los blancos del negro que se envanece de su color? Insistir en las divisiones de raza, en las diferencias de raza, de un pueblo naturalmente dividido, es dificultar la ventura° pública y la individual.

    Si se dice que en el negro no hay culpa aborigen ni virus que lo inhabilite° para desenvolver° toda su alma de hombre, se dice la verdad, y es necesario que se diga y se demuestre, porque la injusticia de este mundo es mucha, y es mucha la ignorancia que pasa por sabiduría°, y aún hay quien cree de buena fe al negro incapaz de la inteligencia y el corazón del blanco... Si se aleja de la condición de esclavitud, no acusa inferioridad la raza esclava, puesto que los galos° blancos, de ojos azules y cabellos de oro, se vendieron como siervos°, con la argolla° al cuello, en los mercados de Roma; eso es racismo bueno, porque es pura justicia y ayuda a quitar prejuicios al blanco ignorante. Pero ahí acaba el racismo justo, que es el derecho del negro a mantener y a probar que su color no le priva de ninguna de las capacidades y derechos de la especie humana.

    El racista blanco que le cree a su raza derechos superiores, ¿qué derechos tiene para quejarse del racista negro que también le vea especialidad a su raza? El racista negro que ve en su raza un carácter especial, ¿qué derecho tiene para quejarse del racista blanco? El hombre blanco que, por razón de su raza, se cree superior al hombre negro, admite la idea de la raza y autoriza y provoca al racista negro. El hombre negro que proclama su raza, cuando lo que acaso° proclama únicamente en esta forma errónea es la identidad espiritual de todas la razas, autoriza y provoca al racista

right / belongs

he sins

separates
to become vain

happiness
disqualifies
to develop

wisdom

Gauls
slaves / large ring

perhaps

[1]Ver biografía en página 38.

blanco. La paz° pide los derechos comunes de la naturaleza; los derechos diferen-
ciales, contrarios a la naturaleza, son enemigos de la paz. El blanco que se aísla, aísla
al negro. El negro que se aísla, provoca a aislarse al blanco.

    En Cuba no hay temor a la guerra de razas. Hombre es más que blanco, más que
mulato, más que negro. En los campos de batalla murieron por Cuba, han subido
juntas por los aires, las almas de los blancos y de los negros. En la vida diaria de defensa, de lealtad, de hermandad°, de astucia, al lado de cada blanco hubo siempre un
negro. Los negros, como los blancos, se dividen por sus caracteres, tímidos o
valerosos°, abnegados o egoístas...

    Los negros están demasiado cansados de la esclavitud para entrar voluntaria-
mente en la esclavitud del color. Los hombres de pompa° e interés se irán de un
lado, blancos o negros; y los hombres generosos y desinteresados° se irán de otro.
Los hombres verdaderos, negros o blancos, se tratarán con lealtad y ternura, por el
gusto del mérito y el orgullo° de todo lo que honre la tierra en que nacimos, negro o
blanco. No cabe duda de que la palabra racista caerá de los labios de los negros que
la usan hoy de buena fe, cuando entiendan que ella es el único argumento de apariencia válida y de validez en hombres asustadizos°, para negar al negro la plenitud°
de sus derechos de hombre. Dos racistas serían igualmente culpables: el racista
blanco y el racista negro. Muchos blancos se han olvidado ya de su color, y muchos
negros. Juntos trabajan blancos y negros, por el cultivo° de la mente, por la propa-
gación de la virtud y por el triunfo del trabajo creador y de la caridad° sublime.

*peace*

*brotherhood*

*valiant*

*grandeur*
*unselfish*

*pride*

*fearful / fullness*

*improvement*
*charity*

# Díganos...

Basándose en las opiniones de Martí, conteste las siguientes preguntas.

1. ¿Tiene algún derecho especial un hombre porque pertenezca a una raza determinada?
2. ¿Qué consecuencias trae el insistir en las divisiones de raza?
3. ¿Ha existido la esclavitud en la raza negra solamente? Cite ejemplos de esclavitud en otras razas.
4. ¿Qué consecuencias trae el racismo, ya sea en los negros o en los blancos?
5. ¿Cuáles son los enemigos de la paz?
6. "Hombre es más que blanco, más que mulato, más que negro." Explique Ud. en
   sus propias palabras este sentimiento de José Martí.
7. ¿De acuerdo con qué factores se agrupan los seres humanos —blancos o negros?
8. ¿Qué quiere decir Martí al hablar de "la esclavitud del color"?
9. ¿Cuándo dejarán los negros de usar la palabra "racista"?
10. ¿Qué beneficios trae para la sociedad el que blancos y negros olviden las dife-
    rencias de color?

# *Rosa Montero* *(España: 1951–   )*

*Rosa Montero nació en Madrid, y en la universidad de esta ciudad hizo sus estudios de psicología y periodismo. En 1969 empezó a trabajar como periodista en publicaciones tan importantes como* Arriba, Pueblo *y* Mundo Diario. *Al mismo tiempo, colaboró en programas de televisión y trabajó como actriz de teatro. Ha tenido una larga asociación con el diario* El País.

*En el año 1978 ganó el Premio Mundo, concedido por el Círculo de Escritores Cinematográficos por su labor como guionista de cine; y en 1980, el Premio Nacional de Periodismo.*

*Además de sus reportajes, guiones y entrevistas, es autora de siete novelas; las más recientes son* El nido de los sueños *(1991) y* Bella y oscura *(1993). Su estilo sobresale por su brevedad, plasticidad e ironía, lo que hace que sus cuentos y novelas sean fáciles de llevar al cine.*

## Preparación

Lea los dos primeros renglones del cuento para saber cuándo y dónde tiene lugar la acción. Haga una lista de los nombres, verbos y adjetivos que Ud. espera encontrar en una narración sobre un embotellamiento de tráfico.

## *El arrebato°* *(Adaptado)*

Las nueve menos cuarto de la mañana. Semáforo en rojo, un rojo inconfundible°. Las nueve menos trece, hoy no llego. Embotellamiento de tráfico°. Doscientos mil coches junto al tuyo. Tienes la mandíbula° tan tensa que entre los dientes aún está el sabor del café del desayuno. Miras al vecino. Está intolerablemente cerca. La chapa de su coche casi roza° la tuya. Verde. Avanza°, imbécil. ¿Qué hacen? No arrancan°. No se mueven, los estúpidos. Están paseando, con la inmensa urgencia que tú tienes. Doscientos mil coches que salieron a pasear a la misma hora solamente para fastidiarte. ¡Rojjjjjo! ¡Rojo de nuevo! No es posible. Las nueve menos diez. Hoy desde luego que no llego-o-o-o... El vecino te mira con odio°. Probablemente piensa que tú tienes la culpa° de no haber pasado el semáforo (cuando es obvio que los culpables° son los idiotas de delante). Tienes una premonición de catástrofe y derrota°. Hoy no llego. Por el espejo° ves cómo se acerca un chico en una motocicleta, zigzagueando entre los coches. Su facilidad te causa indignación, su libertad te irrita. Mueves el coche unos centímetros hacia el del vecino, y ves que el transgresor está bloqueado. ¡Me alegro! Alguien pita° por detrás. Das un salto, casi arrancas. De pronto ves que el semáforo sigue aún en rojo. ¿Qué quieres, que salga con la luz roja, imbécil? De pronto, la luz se pone verde y los de atrás° pitan desesperadamente. Con todo ese ruido reaccionas, tomas el volante°, al fin arrancas. Las nueve menos cinco. Unos metros más allá la calle es mucho más estrecha; sólo cabrá un coche°. Miras al vecino con odio. Aceleras. Él también. Comprendes de pronto que llegar antes que el otro es el objeto principal de tu existencia. Avanzas unos centímetros.

°rage

°unmistakable

**Embotellamiento...** Traffic jam / jaw

°rubs against / Move forward / start

°bother you

°hatred

**tú...** it's your fault

°guilty / defeat

°mirror

°honks

**los...** the people behind

°steering wheel

**sólo...** only one car will fit

Entonces, el otro coche te pasa victorioso. Corre, corre, gritas, fingiendo gran des-
precio°: ¿adónde vas, idiota?, tanta prisa para adelantarme sólo un metro... Pero la          scorn
derrota duele. A lo lejos ves una figura negra, una vieja que cruza° la calle lenta-            goes across
mente. Casi la atropellas°. "Cuidado°, abuela", gritas por la ventanilla; estas viejas          run over / Look out      to park
son un peligro, un peligro. Ya estás llegando a tu destino, y no hay posibilidades de
aparcar°. De pronto descubres un par de metros libres, un pedacito de ciudad sin               brake
coche: frenas, el corazón° te late apresuradamente°. Los conductores de detrás               heart / te... beats fast
comienzan a tocar la bocina°: no me muevo. Tratas de estacionar°, pero los vehícu-          tocar... to honk / to park
los que te siguen no te lo permiten. Tú miras con angustia° el espacio libre. De              anguish
pronto, uno de los coches para y espera a que tú aparques. Tratas de retroceder°,            to back up
pero la calle es angosta° y la cosa está difícil. El vecino da marcha atrás para ayu-         narrow
darte, aunque casi no puede moverse porque los otros coches están demasiado cerca.
Al fin aparcas. Sales del coche, cierras la puerta. Sientes una alegría infinita, una
enorme gratitud° hacia el anónimo vecino que se detuvo° y te permitió aparcar.              gratefulness / se... stopped
Caminas rápidamente para alcanzar al generoso conductor°, y darle las gracias. Lle-          driver
gas a su coche; es un hombre de unos cincuenta años, de mirada° melancólica.                  look
Muchas gracias, le dices en tono exaltado. El otro se sobresalta°, y te mira sorpren-         se... jumps
dido. Muchas gracias, insistes; soy el del coche azul, el que estacionó. El otro
palidece°, y al fin contesta nerviosamente: "Pero, ¿qué quería usted? ¡No podía pasar          turns pale
por encima de° los coches! No podía dar más marcha atrás". Tú no comprendes.                 por... over
"Gracias, gracias!" piensas. Al fin murmuras: "Le estoy dando las gracias de verdad,
de verdad..." El hombre se pasa la mano por la cara, y dice: "Es que... este tráfico,
estos nervios..." Sigues tu camino, sorprendido, pensando con filosófica tristeza, con
genuino asombro°. ¿Por qué es tan agresiva la gente? ¡No lo entiendo!                        amazement

(El País, *Madrid*)

# Díganos...

1. ¿Cómo se describe aquí el embotellamiento de tráfico?
2. ¿Qué piensa la protagonista mientras espera la luz verde?
3. ¿Por qué envidia al chico que va en motocicleta?
4. ¿Qué pasa cuando la protagonista y otro conductor llegan a una calle estrecha al mismo tiempo?
5. ¿Cómo reacciona la protagonista cuando el otro coche le pasa, victorioso?
6. ¿Qué dice sobre la vieja que cruza la calle?
7. ¿Qué pasa cuando descubre un espacio para estacionar?
8. ¿Por qué es difícil estacionar y cómo ayuda el otro conductor a la protagonista?
9. ¿Cómo reacciona el hombre cuando la protagonista le da gracias? ¿Por qué?
10. ¿A qué conclusión llega la protagonista?

# 1. Algunas ideas fundamentales

Al analizar un texto literario se deben tener en cuenta dos objetivos principales:

1. precisar lo que dice el texto    (fondo)
2. examinar la forma en que el autor lo dice    (forma)

En el estudio de una obra literaria, fondo y forma deben considerarse como una unidad, ya que en toda obra artística ambos están íntimamente ligados[1]. Toda explicación, por lo tanto, debe establecer claramente la relación que existe entre estos dos elementos.

Para lograr este objetivo, se debe leer atentamente el texto, asegurándose de que se comprenden tanto las palabras como el contexto en que están presentadas.

Un texto literario puede ser una obra completa o un fragmento. Los principales géneros literarios son novela, teatro, cuento, ensayo y poesía.

**Novela:**   Obra escrita en prosa, generalmente extensa, en la cual se describen sucesos y hechos que pueden ser tomados de la realidad o inventados. Hay diferentes tipos de novela: **policíaca** y **de aventuras**, en las que la acción es lo más importante; **histórica**, basada en hechos reales; **testimonial**, tipo de relato que presenta los hechos como vistos a través de una cámara fotográfica, como en el caso de *El Jarama*, de Rafael Sánchez Ferlosio; **psicológica**, donde lo importante es el análisis y la presentación de los problemas interiores de los personajes. Otro tipo de novela es la llamada **novela-río**, como muchas novelas contemporáneas, donde se presenta una multitud de personajes a través de cuyas acciones el autor nos da un panorama amplio de la sociedad en que viven. Un ejemplo de este último tipo es *La colmena*, de Camilo José Cela.

Al analizar una novela, se deben tener en cuenta los siguientes puntos:

1. Clasificación (tipo)
2. Temas y subtemas
3. Ambiente
4. Argumento (trama)
5. Personajes
6. Uso del diálogo
7. Desarrollo
8. Culminación (climax)
9. Desenlace
10. Atmósfera
11. Lenguaje
12. Punto de vista
13. Técnicas literarias

**Teatro:**   Obra que se puede representar en un escenario mediante la acción y el diálogo. El diálogo puede estar escrito en verso o en prosa. La obra generalmente está dividida en tres actos. Dentro de los actos puede haber una subdivisión de escenas. Hay diferentes tipos de obras teatrales: **tragedia**, obra que tiene un final

---

[1] joined together, bound

terrible; **drama**, obra en la que el final es desdichado, pero es menos trágica que la anterior (por ej. *La mordaza*, de Alfonso Sastre), y **comedia**, obra más ligera que las anteriores, con un desenlace feliz.

Al analizar una obra de teatro, se deben tener en cuenta los siguientes puntos:

1. Clasificación
2. Temas y subtemas
3. Ambiente (escenificación)
4. Trama
5. Personajes
6. Desarrollo
7. Culminación
8. Desenlace
9. Lenguaje
10. Técnicas dramáticas

**Cuento:**    Narración de longitud variable, pero más corta que la novela. Generalmente desarrolla un sólo tema central, y el número de personajes es limitado. El cuentista debe captar la atención del lector inmediatamente, dándole a la narración una intensidad y urgencia que no tiene la novela.

Al analizar un cuento, se deben considerar los siguientes aspectos:

1. Tema
2. Ambiente
3. Argumento
4. Personajes
5. Desarrollo
6. Culminación
7. Desenlace
8. Atmósfera
9. Lenguaje
10. Punto de vista
11. Técnica

**Ensayo:**    Escrito original, donde el autor expresa su opinión personal sobre un tema determinado, y cuya lectura no requiere del lector conocimientos técnicos previos para interpretarlo. El tema puede ser artístico, literario, científico, filosófico, político, religioso, etc.

Al analizar un ensayo, se deben tener en cuenta estos puntos:

1. Clasificación
2. Temas y subtemas
3. Desarrollo de la idea central
4. Lenguaje
5. Propósito del autor

**Poesía:**    Composición que generalmente se escribe en verso. Se diferencia de los otros géneros en que es más intenso y concentrado. El poeta quiere transmitir sus experiencias y emociones personales, y para ello utiliza recursos tales como imágenes, metáforas, símbolos, ritmo, etc. Los poemas se clasifican según el número de versos y la forma en que éstos se agrupan. Tenemos así sonetos, romances, odas, redondillas, etc. Según el tema, el poema puede ser amoroso, filosófico, social, etc.

Al analizar un poema, se deben estudiar los siguientes puntos:

1. Clasificación
2. Figuras poéticas (metáforas, símiles, símbolos, imágenes, etc.)
3. Tono

4. Lenguaje
5. Temas
6. Métrica
7. Rima (consonante, asonante)
8. Ritmo

# 2. Algunos términos literarios

**acento:**  donde cae la mayor intensidad en una palabra o en un verso. El acento es muy importante en la poesía española. Al contar las sílabas de un verso, se debe recordar lo siguiente: si la última palabra se acentúa en la antepenúltima sílaba, se cuenta una sílaba menos; si se acentúa en la última, la sílaba acentuada vale por dos[2].

**acto:**  división principal de un drama. Generalmente las obras teatrales[3] tienen tres actos.

**alegoría:**  cuando en una narración o historia, los personajes[4] y los incidentes representan ideas abstractas, normalmente morales o éticas, en términos concretos. La alegoría hace uso principalmente de la metáfora y la personificación.

**alejandrino:**  verso de catorce sílabas, dividido en dos hemistiquios de siete:

Me/dia/ba‿el/mes/de/ju/lio. E/ra‿un/her/mo/so/dí/a.

**aliteración:**  repetición de las mismas vocales o consonantes en un mismo verso. Normalmente le da al poema un sonido musical:

un no sé **qué que que**da balbuciendo[5]

**ambiente** (*setting*):  los elementos como el paisaje, lugar geográfico y social en que se desarrolla una historia.

**anáfora:**  repetición de una palabra al comienzo[6] de cada verso o frase:

¡**Ya** viene el cortejo!
¡**Ya** viene el cortejo! **Ya** se oyen los claros clarines.

**anticipación** (*foreshadowing*):  cuando el autor anticipa lo que va a pasar, sin revelar mucho, para dejar al lector en suspenso.

**antítesis:**  consiste en contrastar una palabra, una frase o una idea con otra de significado opuesto:

Y los de Enrique
cantan, **repican**[7] y gritan:
"Viva Enrique"; y los de Pedro
clamorean, **doblan**[8], lloran
su rey muerto.

---

[2] **vale...** counts as two    [3] **obras...** plays    [4] characters    [5] stammering    [6] beginning    [7] chime    [8] toll

**asonancia:**   cuando son idénticas solamente las vocales a partir[9] de la última acentuada:

> Del salón en el ángulo oscuro,
> de su dueño tal vez olvid**ada**,
> silenciosa y cubierta de polvo, veíase el **arpa**.

**atmósfera:**   impresión general que nos da una obra al leerla, uniendo[10] todos los elementos de que se compone, como: tiempo, lugar, tema, personajes, etc. Según estos elementos, la obra puede ser de terror, cinismo, romance, etc.

**caricatura:**   representación exagerada de un personaje.

**ciencia-ficción:**   género narrativo que describe situaciones y aventuras en un futuro imaginado que posee un desarrollo científico y técnico muy superior al del momento presente.

**consonancia:**   rima de vocales y consonantes de dos palabras, entre dos o más versos, a partir de la última vocal acentuada:

> en la madreselva[11] **verde**...
> el corazón se la p**ierde**...

**culminación** (*climax*):   punto de más intensidad en una obra. La acción llega a su momento culminante, y a partir de ahí, todos los problemas deben resolverse.

**decasílabo:**   verso de diez sílabas:

> a/pa/ga/ban/las/ver/des/es/tre/llas

**desarrollo** (*development*):   forma en que el autor va presentando los hechos[12] e incidentes que llevan al desenlace de la historia.

**desenlace** (*ending*):   solución que da el autor a la acción de la obra. Este final puede ser, trágico o feliz o de sorpresa.

**diálogo:**   conversación entre los personajes de una novela, cuento o drama. El diálogo sirve como medio[13] para desarrollar la trama y la acción, o caracterizar a los personajes de la obra.

**dodecasílabo:**   verso de doce sílabas:

> que‿a/nun/cia‿en/la/no/che/del/al/ma‿u/na‿au/ro/ra[14]

**encabalgamiento** (*enjambment*):   cuando el significado de una frase continúa en el verso siguiente y, por lo tanto, el final de un verso se enlaza[15] con el que sigue:

> Yo voy soñando caminos
> de la tarde. ¡Las colinas[16]

**endecasílabo:**   verso de once sílabas:

> ¿Dón/de/vo/la/ron/ ¡ay!/a/que/llas/ho/ras

---

[9] **a...** after   [10] joining   [11] honeysuckle   [12] happenings   [13] means   [14] dawn   [15] **se...** is linked
[16] hills

**eneasílabo:**   verso de nueve sílabas:

Ju/ven/tud/di/vi/no/te/so/ro[17]

**escena** (*scene*):   subdivisión que hace un autor dentro de los actos de un drama. Algunos escritores[18] modernos dividen sus dramas en escenas o episodios solamente.

**estilo** (*style*):   modo en que un autor se expresa.

**estribillo** (*refrain*):   palabras que se repiten al final[19] de cada verso o estrofa en algunos poemas:

Que bien sé yo la fuente que mana y corre,
**aunque es de noche.**
Aquella eterna fuente está escondida,
que bien sé yo dónde tiene su salida,
**aunque es de noche.**

**estrofa** (*stanza*):   agrupación de un número de versos. El número de versos agrupados en estrofas puede variar en un mismo poema.

**fábula** (*fable*):   obra alegórica de enseñanza[20] moral, en la que los personajes son generalmente animales representantes de hombres. Entre las fábulas más famosas están las de Esopo, La Fontaine, Samaniego e Iriarte.

**forma:**   estructura de la obra.

**género** (*genre*):   división de obras en grupos determinados, según su estilo o tema. En literatura se habla de tres géneros principales: poético, dramático y novelístico.

**heptasílabo:**   verso de siete sílabas:

y/la/tar/de/tran/qui/la

**hexasílabo:**   verso de seis sílabas:

En/las/ma/ña/ni/tas

**hipérbaton:**   la alteración del orden natural que deben tener las palabras de una frase según las leyes[21] de la sintaxis:

FRASE NORMAL:   Vi las madreselvas a la luz de la aurora.
HIPÉRBATON:   A la luz vi las madreselvas de la aurora.

**hipérbole:**   exageración de los rasgos[22] o cualidades de una persona o cosa para darles énfasis:

érase un hombre a una nariz pegado[23]

**imagen:**   representación de una cosa determinada con detalles exactos y evocativos.

---

[17] **tesoro** treasure   [18] writers   [19] **al...** at the end   [20] teaching   [21] rules   [22] features   [23] glued

**ironía:** se produce cuando la realidad y la apariencia están en conflicto, cuando una palabra o idea tiene un significado opuesto al que debe tener. Existen muchas clases de ironías: verbal, de acción, de situación y dramática.

**lenguaje:**   estilo con el que el autor se expresa. Puede ser poético, científico o cotidiano[24].

**medida** (*measure*):   número y clase de sílabas que tiene un verso.

**metáfora:**   forma literaria en la que se comparan dos objetos, identificando uno con el otro. Por lo general, los objetos son completamente diferentes en naturaleza, pero tienen algún elemento en común. La comparación es puramente imaginativa:

La **antorcha**[25] eterna asoma por el horizonte (antorcha = sol)

**métrica** (*versification*):   arte y ciencia que tratan de[26] la composición poética.

**monólogo:**   parte de una obra en la que el personaje habla solo. Se llama **soliloquio** si el personaje se encuentra solo en escena.

**monólogo interior** (*stream of consciousness*):   son las ideas que pasan por la mente[27] de un personaje en una novela, y son presentadas según van surgiendo[28] sin una secuencia ordenada.

**moraleja:**   enseñanza moral que aparece al final de las fábulas.

**narrador:**   el que cuenta la historia.

**octosílabo:**   verso de ocho sílabas:

Por/el/mes/e/ra/de/ma/yo

**oda:**   composición lírica de tono elevado, sobre diversos temas y de métrica variada:

Templad mi lira, dádmela, que siento
en mi alma estremecida y agitada
arder la inspiración...

**onomatopeya:**   recurso poético con el que el significado de una cosa se sugiere por el sonido[29] de la palabra que se usa. Esto puede ocurrir en una palabra sola, o en la combinación del sonido de varias palabras:

susurro,[30] tictac, zigzag, gluglú

**pentasílabo:**   verso de cinco sílabas:

no/che/de/San/Juan

**personaje** (*character*):   persona en una novela, un drama, cuento o poema. Hay muchas clases de personajes: principal, secundario, completo, plano[31], simbólico y típico.

---

[24] everyday   [25] torch   [26] **tratan**... deal with   [27] mind   [28] **según**... as they come out   [29] sound   [30] whisper   [31] flat

**personificación:** especie de metáfora en la que se le atribuyen cualidades humanas a objetos o cosas inanimadas:

La luna llora en la noche.

**protagonista:** personaje principal de una obra. Normalmente es la persona que más cambia y alrededor de la cual gira[32] la acción central.

**punto de vista** (*point of view*): según quien sea el narrador de la obra, así es el punto de vista. Si el narrador es el autor, el cual puede ver todo lo que pasa, se le llama narrador omnisciente. Si es un personaje, puede ser el "yo testigo"[33] o el "yo personaje". Según todo esto, el punto de vista puede resultar móvil o estático, microscópico o telescópico, universal o individual.

**redondilla:** estrofa de cuatro octosílabos de rima consonante *abba*:

Ya conozco tu ruin trato
y tus muchas trafacías[34],
comes las buenas sandias[35]
y nos das liebre[36] por gato.

**retrovisión** (*flashback*): técnica cinematográfica usada por novelistas y dramaturgos[37]. A través de una serie de retrocesos al pasado, en una historia, el lector conoce los hechos que llevaron al momento presente.

**rima:** repetición de los mismos sonidos al final de dos o más versos, después de la última vocal acentuada. La rima puede ser asonante o consonante.

**ritmo:** sonido musical del lenguaje producido por acentos, pausas y repetición de ciertas consonantes:

noche que noche nochera

**símbolo:** forma literaria que presenta la relación entre dos elementos, uno concreto y otro abstracto, de tal modo que lo concreto explica lo abstracto.

**símil:** comparación expresa de un objeto con otro para darle un sentido más vivo:

las gotas de agua como lágrimas del día

**sinalefa:** unión de la última vocal de una palabra con la primera de la palabra que sigue para formar una sílaba:

Di/cho/so[38] el/ár/bol/que_es/a/pe/nas/sen/si/ti/vo

**soneto:** composición poética de 14 versos endecasílabos. El soneto se divide en dos cuartetos y dos tercetos. La rima del soneto es *a b a b  a b a b  c d e  c d e*, o variantes de ésta, como: *abba abba cdc cdc*. El soneto tiene unidad en el tema y en el sentimiento.

**subtema:** en una obra, temas secundarios que pueden desarrollarse en contraste, separada o paralelamente a la acción principal.

---

[32] revolves   [33] witness   [34] falsehoods   [35] watermelons   [36] hare   [37] playwrights   [38] fortunate

**tema:**  pensamiento[39] central de la obra.

**tetrasílabo:**  verso de cuatro sílabas:

Vein/te/pre/sas

**tipo:**  personaje en una obra que representa ciertos aspectos de una clase social o grupo humano, pero que no tiene individualidad.

**trama/argumento** (*plot*):  plan de acción de una novela, un cuento o una obra teatral.

**trisílabo:**  verso de tres sílabas:

la/rue/da

**versificación:**  arte de hacer versos. Si los versos tienen un número determinado de sílabas, se llaman **métricos**; si no, **asimétricos**.

**verso:**  grupo de palabras que componen una línea del poema:

Despertad, cantores
acaben los ecos,
empiecen las voces. (*tres versos*)

**verso libre:**  verso que no se ajusta ni a rimas ni a medidas:

Donde
      Oigo mis pasos
Pasar por esta calle

---

[39] thought

# Vocabulario

This vocabulary provides contextual meanings of the active vocabulary from the *Vocabulario* section in each chapter, as well as passive vocabulary that is glossed in the readings. Cultural references explained in footnotes and certain low-frequency words and expressions are not included.

The following abbreviations are used:

| | | | | | |
|---|---|---|---|---|---|
| *adj* | adjective | *coll.* | colloquial | *Mex.* | Mexican |
| *adv.* | adverb | *f.* | feminine | *pl.* | plural |
| *Am.* | (Latin) American | *m.* | masculine | *sing.* | singular |

## A

**a**   to, at
  —**ciencia cierta (fija)**   with certainty
  —**coro**   together
  —**deshoras**   untimely
  —**lo menos**   at least
  —**medio cerrar**   half closed
  —**pesar de**   despite, in spite of
  —**punto de**   about, on the verge of
  —**rayas**   striped
  —**secas**   simply
  —**su lado**   beside her/him/you
  —**sus espaldas**   behind him (her)
  —**toda máquina**   at full speed
  —**través de**   through
**abanicar**   to fan
**abanico** (*m.*)   fan
**abatido(a)**   dejected
**abeja** (*f.*)   honey bee
**abrochar los cinturones**   to fasten one's seatbelt
**acariciar**   to caress
**acaso**   perhaps
**aceituna** (*f.*)   olive
**acera** (*f.*)   sidewalk
**acercarse (a)**   to approach, to go near
**acero** (*m.*)   steel
**achaque** (*m.*)   indisposition, old age symptom
**acojinado(a)**   with lots of cushions
**acomodado(a)**   arranged
**acontecimiento** (*m.*)   event
**acorralar**   to corner
**acudir**   to come

**acuerdo** (*m.*)   agreement
**adelantarse**   to get ahead
**adelante**   in front
**adivinar**   to guess
**advertir (e → ie)**   to notice, to warn
**afeite** (*m.*)   make-up
**afueras** (*f.*)   outskirts
**agarrar**   to take, to grasp
**agitar**   to wave
**agradar**   to please
**agradecer (yo agradezco)**   to thank
**agravar**   to aggravate, to worsen
**agregar**   to add
**ahijado(a)** (*m., f.*)   godson, goddaughter
**airado(a)**   angry
**ajeno(a)**   of others
**al trote**   at a trot
**alboroto** (*m.*)   uproar, racket
**alborozado(a)**   exhilarated
**alcalde (alcaldesa)** (*m., f.*)   mayor
**alegría** (*f.*)   joy, happiness
**alejarse**   to go (move) away
**alforja** (*f.*)   saddlebag
**algodón** (*m.*)   cotton
**alma** (*f.*)   soul
**almendra** (*f.*)   almond
**almohada** (*f.*)   pillow
**alrededor de**   around
**alto(a)**   high
**alumbrar**   to light
**alzarse**   to rise
**amable**   kind, polite
**amado(a)**   beloved
**amanecer** (*m.*)   dawn

**amante** (*m., f.*)   lover; (*adj.*) loving
**amar**   to love
**amargar**   to spoil
**amargo(a)**   bitter
**amarrado(a)**   moored
**ambos(as)**   both
**amistad** (*f.*)   friendship
**amo(a)** (*m., f.*)   master (mistress)
**amonestar**   to scold
**amparar**   to protect
**anciano(a)** (*m., f.*)   elderly
**andar**   to walk
**angosto(a)**   narrow
**angustia** (*f.*)   anguish
**ansiado(a)**   longed for
**anteojos** (*m. pl.*)   eyeglasses
**añadir**   to add
**apagar**   to turn off
**aparcar**   to park
**apartar**   to push away; to separate
**apedrear**   to stone
**apenas**   barely
**aplastar**   to crush
**apoyado(a)**   resting, supported
**apoyarse**   to lean, to support oneself
**apresuradamente**   fast
**apresurarse**   to hurry up
**apretado(a)**   tight
**apretar (e → ie)**   to squeeze, to press, to push (*a button*)
  —**el gatillo**   to pull the trigger
  —**los párpados**   to shut one's eyes
**apuntar**   to aim
**apurar**   to drink up

**apurarse**  to hurry up
**apuro** (*m.*)  rush
**arar**  to plow
**árbol** (*m.*)  tree
**arboleda** (*f.*)  grove
**arcano(a)**  secret
**arco iris** (*m.*)  rainbow
**ardiente**  passionate
**arena** (*f.*)  sand
**argolla** (*f.*)  large ring
**arrancar**  to start (*a car or motor*); to pull out
**arrastrar**  to drag
**arrebato** (*m.*)  rage
**arreglar**  to fix
**arrepentirse (e → ie)**  to repent
**arriesgar(se)**  to risk
**arrimar**  to draw near
**arrodillado(a)**  kneeling
**arrodillarse**  to kneel down
**arrojarse**  to throw oneself
**arruga** (*f.*)  wrinkle
**arrullar**  to lull
**as de espadas** (*m.*)  ace of spades
**aseo** (*m.*)  grooming
**asesinar**  to murder
**asesino(a)** (*m., f.*)  murderer
**asestar**  to deliver
**así**  like that, so, like this
  **—como**  just like
  **—es**  so it is
  **—pues**  thus
**asilo** (*m.*)  orphanage
**asomar**  to show, to appear
**asombrado(a)**  aghast, astonished
**asombro** (*m.*)  amazement
**áspero(a)**  rough
**asustadizo(a)**  fearful
**asustado(a)**  frightened
**asustarse**  to be frightened
**atado** (*m.*)  pack
**ataque al corazón** (*m.*)  heart attack
**atento(a)**  kind, polite
**aterrizar**  to land
**atesorar**  to treasure
**atracar**  to hold up (*rob*)
**atrapado(a)**  trapped
**atrás**  behind
**atreverse**  to dare
**atropellar**  to run over
**aturdido(a)**  stunned
**aturdir**  to perplex, to confuse
**aun**  even
**aún**  still
**automovilista** (*m., f.*)  motorist
**autostop** (*m.*)  hitchhiking

**auxilio** (*m.*)  help
**avanzar**  to move forward
**avergonzado(a)**  ashamed
**averiguar**  to find out
**avisar**  to let know, to warn
**Ayuntamiento** (*m.*)  City Hall
**azafata** (*f.*)  stewardess
**azahar** (*m.*)  orange blossom
**azotea** (*f.*)  flat roof

**B**

**bahía** (*f.*)  bay
**bajo(a)**  low
**bala** (*f.*)  bullet
**balazo** (*m.*)  shot
**bambolear**  to sway
**barba** (*f.*)  beard
**barcaza** (*f.*)  barge
**bastante**  quite
**bastar**  to be enough
**bastón** (*m.*)  cane
**bello(a)**  beautiful
**bellota** (*f.*)  acorn
**bendecir** (*conj. like* **decir**)  to bless
**bendición** (*f.*)  blessing
**bien** (*m.*)  asset
**bien cocinado(a)**  well done
**bigote** (*m.*)  mustache
**boca arriba**  face up
**bocina** (*f.*)  horn
**boda** (*f.*)  wedding
**bolsa de papel** (*f.*)  paper bag
**bolsillo** (*m.*)  pocket
**bondad** (*f.*)  kindness
**bondadosamente**  kindly
**bondadoso(a)**  kind
**bordear**  to stay close to
**borracho(a)**  drunk
**borrar**  to erase
**botón** (*m.*)  button
**brasas** (*f. pl.*)  coals
**breve**  brief
**brillante**  shiny
**brillar**  to shine
**brincar**  to jump
**broma** (*f.*)  jest, joke
**brotar**  to come out
**brote** (*m.*)  shoot
**buey** (*m.*)  ox
**bulla** (*f.*)  noise
**Burdeos**  Bordeaux
**burro(a)**  donkey

**C**

**caballero** (*m.*)  gentleman
**cabello** (*m.*)  hair

**caber**  to fit, to have enough room
**cabestro** (*m.*)  halter
**cabeza** (*f.*)  head
**cabezal** (*m.*)  headrest
**cacahuate** (*m.*)  peanut
**cada**  each
**cadáver** (*m.*)  corpse
**caer (yo caigo)**  to fall
  **—de rodillas**  to fall on one's knees
  **—muerto**  to drop dead
**cafetucho** (*m.*)  cheap café
**caja** (*f.*)  box
**cajetilla** (*f.*)  pack of cigarettes
**cajón** (*m.*)  drawer
**cajuela** (*f.*)  trunk (*of a car*)
**calcinado(a)**  burnt
**calidad** (*f.*)  quality
**callarse**  to keep quiet
**callejón** (*m.*)  alley
**caló** (*m.*)  slang
**calvo(a)**  bald
**cambiante**  changing
**cambiar**  to change
**camellón** (*m.*)  big flower pot
**caminante** (*m., f.*)  traveler
**camino** (*m.*)  road, way
**camino de**  on one's way to
**camión** (*m.*)  bus (*Mex.*), truck
  **—de reparto**  delivery truck
**campana** (*f.*)  bell
**campanario** (*m.*)  bell tower
**campesino(a)**  farmer
**campito** (*m.*)  dear land
**campo** (*m.*)  field
  **—de batalla**  battleground
**cana** (*f.*)  white or gray hair
**canalla** (*m., f.*)  scoundrel
**cantidad** (*f.*)  quantity
**cantina** (*f.*)  bar
**capataz(a)**  foreman (forewoman)
**capaz**  capable
**capullo** (*m.*)  blossom, bud
**cárcel** (*f.*)  jail
**cargado(a)**  loaded
**cargadores** (*m. pl.*)  suspenders
**cargar**  to load
**caridad** (*f.*)  charity
**cariño** (*m.*)  affection, love
**carraspear**  to clear one's throat
**carrera** (*f.*)  university studies; race
**carretera** (*f.*)  highway, road
**carta** (*f.*)  playing card
**cartón** (*m.*)  cardboard
**casi**  almost
**castigar**  to punish
**cautelosamente**  carefully

**ceder** to yield
**ceja** (*f.*) eyebrow
**celoso(a)** jealous
**cena** (*f.*) supper
**cepillar** to brush
**cerca** (*f.*) fence
**cerilla** (*f.*) match
**cerrado(a)** shut
**cerrar (e → ie) el paso** to block the way
**cerro** (*m.*) hill
**cesto** (*m.*) basket
**cetro** (*m.*) wand
**chambergo** (*m.*) type of hat
**chiquillo(a)** (*m., f.*) little child
**chismoso(a)** gossipy
**chistoso(a)** funny
**chupar** to suck
**ciego(a)** blind
**cielo** (*m.*) sky
**cinta** (*f.*) ribbon
**cinturón** (*m.*) belt
**circundar** to surround
**ciruelo** (*m.*) plum tree
**cita** (*f.*) date, appointment
**clave** (*f.*) key; clue
**cobarde** (*m., f.*) coward
**cobardía** (*f.*) cowardice
**coche** (*m.*) car
**cocinero(a)** (*m., f.*) cook
**coger** to grab, to take, to grasp
 **—una turca** to be drunk
**cola** (*f.*) tail
**coletazo** (*m.*) lashing
**colgado(a)** hanging
**colgar (o → ue)** to hang (up)
**colmo** (*m.*) utmost
**colocar(se)** to place (*oneself* )
**colonia** (*f.*) neighborhood (*Mex.*)
**comba** (*f.*) jump rope
**comilón(ona)** glutton
**comisaría** (*f.*) police station
**como** since, as
 **—una seda** smooth as silk
**compra** (*f.*) purchase
**comprimido** (*m.*) tablet, pill
**comprobar (o → ue)** to verify
**con cuidado** carefully
**conceder** to grant
**conde** (*m.*) count
**conductor(a)** (*m., f.*) driver
**confiar en** to trust
**conmovido(a)** moved
**conocido(a)** (*m., f.*) acquaintance
**consejo** (*m.*) advice
**conserje** (*m.*) janitor

**consultar con la almohada** to sleep on (*an idea or problem*)
**contemplar** to stare at
**contra** against
**conversar** to talk
**copa** (*f.*) tree top
**copita** (*f.*) small glass
**cordal** (*f.*) wisdom tooth
**cordero** (*m.*) lamb
**corona** (*f.*) crown
**cortesano(a)** polite
**cosa** (*f.*) thing
**cosechar** to harvest
**costear** to pay for
**costumbre** (*f.*) habit
**crecer** to grow
**crepúsculo** (*m.*) twilight
**creyente** (*m., f.*) believer
**criado(a)** (*m., f.*) servant, (*f.*) maid
**crianza** (*f.*) rearing
**criar** to raise
**crujido** (*m.*) crack
**cruzar** to cross
**cuadra** (*f.*) block
**cuadrado** (*m.*) square
**cuchillo** (*m.*) knife
**cuello** (*m.*) collar; neck
**cuento** (*m.*) story, tale
**cuero** (*m.*) leather
**cuerpo** (*m.*) body
**cuidado** be careful, look out
**cuidadosamente** carefully
**cuidar** to take care of
**culpa** (*f.*) blame, guilt
**culpable** guilty
**cultivo** (*m.*) improvement
**cumplido(a)** fulfilled
**cumplimiento** (*m.*) courtesy; realization
**cumplir** to turn (. . . years); to keep (*a promise*)
**curioso(a)** curious, strange
**custodiar** to guard
**cutis** (*m.*) skin

## D

**dama casera** (*f.*) lady of the house
**dañado(a)** rotten, damaged
**dar** to give
 **—a** to face
 **—la mano de esposo** to marry
 **—marcha atrás** to back up
 **—un salto** to jump up
 **—vueltas** to go around
**darle a uno ganas** to feel like
**darse cuenta (de)** to realize, to notice
 **—vuelta** to turn around

**de** of
 **—abajo** working class
 **—aquí en adelante** from now on
 **—costumbre** as usual
 **—edad mediana** middle-aged
 **—golpe** all of a sudden
 **—guardia** on duty
 **—lado** sideways
 **—lleno** in full, entirely
 **—mal gusto** in bad taste
 **—nuevo** again
 **—pie** standing
 **—plano** absolutely
 **—prisa** in a hurry
 **—pronto** suddenly
**débil** weak
**decaído(a)** depressed
**décimo** (*m.*) tenth
**declinar** to draw to a close
**dedo** (*m.*) finger
**defraudar** to disappoint
**dejar de** to stop
**del todo** (*m.*) completely
**delante** in front, ahead
**delatar** to denounce, to give away
**deleite** (*m.*) delight, pleasure
**delicadeza** (*f.*) shrewdness
**demasiado** too
**dentadura postiza** (*f.*) dentures
**dentro de** in, within
**departamento** (*m.*) apartment
**dependiente(a)** (*m., f.*) clerk
**depurar** to purify
**derecho** (*m.*) right
**derrota** (*f.*) defeat
**derrumbarse** to collapse
**desamparado(a)** helpless
**desanimarse** to be discouraged
**desatar** to untie
**desbarrancar(se)** to go over a cliff
**desbocado(a)** wild
**descarga** (*f.*) volley
**desconcertado(a)** bewildered
**desconfianza** (*f.*) mistrust
**desde** from, since
 **—entonces** ever since then
 **—lejos** from the distance
**desdoblar** to unfold
**desempeñar** to play (a role)
**desenvolver (o → ue)** to develop
**deseo** (*m.*) wish
**desesperanza** (*f.*) despair
**desesperarse** to become desperate, to despair
**desfiladero** (*m.*) canyon
**desgracia** (*f.*) misfortune

**desinteresado(a)**   unselfish
**despacio**   slowly
**despacito**   very slowly
**despavorido(a)**   horrified
**despedazado(a)**   torn to pieces
**despedida** (*f.*)   farewell
**despedirse (e → i) (de)**   to say goodbye
**desperdiciar**   to waste
**desplomarse**   to fall, to collapse
**desposar**   to marry, to betroth
**desprecio** (*m.*)   scorn
**destacado(a)**   outstanding,
   distinguished
**destello** (*m.*)   flash
**desviar**   to switch
   **—la mirada**   to look away
**detenerse** (*conj. like* **tener**)   to stop
**detrás (de)**   behind
**dibujo** (*m.*)   drawing
**dicha** (*f.*)   happiness
**diligencia** (*f.*)   errand
**Dios**   God
**dirigido(a)**   addressed
**dirigirse a**   to go toward
**discordia** (*f.*)   fight
**discutir**   to argue
**disfrazado(a)**   disguised
**disfrutar**   to enjoy
**disimuladamente**   on the sly
**disparate** (*m.*)   nonsense
**disparo** (*m.*)   shot
**disponer** (*conj. like* **poner**) **de**
   to have available
**disponible**   available
**dispuesto(a)**   ready, arranged
**distraído(a)**   absent-minded
**dolor** (*m.*)   pain
**doloroso(a)**   painful
**domicilio** (*m.*)   address
**dominar**   to master
**dorado(a)**   golden
**duelo** (*m.*)   duel; mourning
**dulce** (*m.*)   sweet
**dulcería** (*f.*)   confectioner's shop
**dulzor** (*m.*)   sweetness
**dulzura** (*f.*)   sweetness
**durar**   to last
**durazno** (*m.*)   peach

**E**
**echar**   to pour out
   **—al correo**   to mail
   **—mano de**   to reach for
   **—porras**   to cheer
   **—suertes**   to cast lots
**echarse a**   to start to

**edad** (*f.*)   age
**edificio** (*m.*)   building
**egoísta**   selfish
**elección** (*f.*)   choice
**embotellamiento de tráfico** (*m.*)
   traffic jam
**embriagado(a)**   intoxicated, drunk
**embustero(a)** (*m., f.*)   liar
**emocionado(a)**   touched
**en**   in, on
   **—cambio**   on the other hand, instead
   **—ese entonces**   in those days
   **—lugar de**   instead of
   **—marcha**   running
   **—paz**   even
   **—rededor**   around
   **—sazón**   in season
   **—sentido contrario**   the opposite
      way
   **—torno a**   around
   **—vano**   in vain
   **—vez de**   instead of
**enamorado(a) de**   in love with
**encalado(a)**   whitewashed
**encanecer**   to turn gray
**encapuchado(a)**   wearing a hood
**encargarse (de)**   to take charge of
**encarnado(a)**   red
**encarnizado(a)**   fierce, cruel
**encender (e → ie)**   to turn on, to light
**encima (de)**   on top of, above, on, over
**encubrir**   to hide
**endrina** (*f.*)   wild plum
**enfilado(a)**   in a row
**enfrente**   in front, across from
**enjugar(se)**   to dry
**enjuto(a)**   skinny
**enlazado(a)**   linked, tied
**enlutado(a)**   in mourning
**ensangrentado(a)**   bloody
**ensañado(a)**   cruel
**enseñanza** (*f.*)   teaching
**ensortijado(a)**   curly
**enterrado(a)**   buried
**enterrar (e → ie)**   to bury
**entonces**   then
**entornar**   to half-close
**entre**   between; among
**entregado(a)**   delivered
**envanecerse**   to become vain
**envejecer**   to get old
**enviar por**   to send for
**época** (*f.*)   time, days
**equivocarse**   to be wrong, to make
   a mistake, to be mistaken
**errabundo(a)**   wandering

**errar**   to wander
**escalera de caracol** (*f.*)   spiral staircase
**esconder(se)**   to hide (oneself)
**escondite** (*m.*)   hiding place
**escuchar**   to listen (to)
**escupidera** (*f.*)   spittoon
**esfera** (*f.*)   face (*of a clock*)
**esfuerzo** (*m.*)   effort
**espacio** (*m.*)   space
**espada** (*f.*)   sword
**espantado(a)**   frightened
**espanto** (*m.*)   astonishment
**espantoso(a)**   frightful
**esparadrapo** (*m.*)   adhesive tape
**espejo** (*m.*)   mirror
**espeso(a)**   thick
**espiar**   to spy on
**esposa** (*f.*)   wife
**esposo** (*m.*)   husband
**espuma** (*f.*)   foam
**esquina** (*f.*)   corner
**estacionar**   to park
**estancia** (*f.*)   ranch
**estar**   to be
   **—de acuerdo**   to agree
   **—por**   to be about to
   **—recluido(a)**   to be a patient
**estela** (*f.*)   wake of a ship
**estrecho(a)**   narrow
**estrella** (*f.*)   star
**estrépito** (*m.*)   noise
**estruendo** (*m.*)   sound
**estrujar**   to squeeze; to rub
**exigir (yo exijo)**   to demand
**éxito** (*m.*)   success
**experimentar**   to feel
**extendido(a)**   outstretched
**extraño(a)**   strange

**F**
**fábrica** (*f.*)   factory
**fachada** (*f.*)   façade
**facultativo** (*m.*)   doctor
**fallido(a)**   unfulfilled
**falta de**   lack of
**fantasma** (*m.*)   ghost
**fastidiar**   to annoy, to vex, to bother
**faz** (*f.*)   face
**fe** (*f.*)   faith
**fecundo(a)**   fertile
**fiarse (de)**   to trust
**figurar**   to imagine, to think
**fijarse**   to notice
**fila** (*f.*)   line, row
**fingir**   to pretend, to feign
**fiscal** (*m., f.*)   district attorney

**flaco(a)**   skinny
**flamante**   impressive, new
**flor** (*f.*)   flower
　**—de espina**   hawthorn
**fondo** (*m.*)   depth, bottom; back
**fósforo** (*m.*)   match
**frenar**   to brake
**frente** (*f.*)   forehead
**fresa** (*f.*)   dentist's drill; strawberry
**fuego** (*m.*)   fire
**fuerte**   strong
**funda** (*f.*)   case
**furia** (*f.*)   fury, rage
**fusil** (*m.*)   rifle
**fusilar**   to shoot, to execute

**G**

**gabán** (*m.*)   overcoat
**gabinete** (*m.*)   office
**gafas** (*f. pl.*)   eyeglasses
**gajo** (*m.*)   branch, shoot
**gallo** (*m.*)   rooster
**galo(a)** (*m., f.*)   Gaul
**ganado** (*m.*)   cattle
**garganta** (*f.*)   throat
**gastado(a)**   worn out
**gastar**   to spend (*money*)
**gasto** (*m.*)   expense
**gatillo** (*m.*)   trigger; dental forceps
**gaveta** (*f.*)   drawer
**gemelo(a)**   twin
**gentil**   gracious
**germinal**   budding
**girar**   to revolve
**girasol** (*m.*)   sunflower
**goce** (*m.*)   enjoyment, pleasure
**golondrina** (*f.*)   swallow
**golpe** (*m.*)   blow
**gota** (*f.*)   drop
**gozar (de)**   to enjoy
**gozo** (*m.*)   joy
**gozoso(a)**   joyful
**grasa** (*f.*)   grease
**gratitud** (*f.*)   gratefulness
**gravemente**   seriously
**greda** (*f.*)   clay
**gritar**   to shout, to yell, to scream
**grueso(a)**   thick, big
**guardar silencio**   to remain silent
**guerra** (*f.*)   war
**guerrera** (*f.*)   military jacket

**H**

**haber que**   to have to
**había una vez**   once upon a time
**habla**   speech

**hacer**   to make, to do
　**—buches**   to gargle
　**—daño**   to hurt
　**—fuego**   to shoot, to fire
**hacia**   toward(s)
　**—atrás**   backwards
**hacienda** (*f.*)   property, farm
**hada** (*f.*)   fairy
　**—madrina**   fairy godmother
**hallar**   to find
**hambriento(a)**   hungry
**hasta**   even
**haz** (*m.*)   bundle
**hecho** (*m.*)   event, incident, fact
　**—ajeno**   another's deed
**helado(a)**   icy, frozen
**heredar**   to inherit
**herido(a)** (*m., f.*)   wounded person
**herir (e → ie)**   to hurt, to wound
**hermandad** (*f.*)   brotherhood
**herramienta** (*f.*)   tool
**hervir (e → ie)**   to boil
**hiel** (*f.*)   gall
**hielo** (*m.*)   ice
**hierba** (*f.*)   herb
**hierro** (*m.*)   iron
**hígado** (*m.*)   liver
**higuera** (*f.*)   fig tree
**hinchado(a)**   swollen
**hipódromo** (*m.*)   racetrack
**hogar** (*m.*)   home
**hombro** (*m.*)   shoulder
**hondo(a)**   deep
**hormiga** (*f.*)   ant
**hormiguero** (*m.*)   anthill
**hornear**   to bake
**huella** (*f.*)   footprint
**huérfano(a)** (*m., f.*)   orphan
**huerta** (*f.*)   orchard
**huerto** (*m.*)   orchard
**hueso** (*m.*)   bone
**huida** (*f.*)   escape
**huir**   to run away
**humedecer**   to wet
**humilde**   humble
**humo** (*m.*)   smoke
**hundirse**   to sink
**husmear**   to smell

**I**

**incapaz**   incapable
**inconfundible**   unmistakable
**incorporarse**   to sit up, to get up
**ineludible**   inevitable
**inerte**   inert, paralyzed
**inesperadamente**   unexpectedly

**infeliz** (*m., f.*)   unhappy man or woman
**ingenuamente**   naively
**ingerir (e → ie)**   to swallow
**inhabilitar**   to disqualify
**inmerecido(a)**   underserved
**inmuebles** (*m. pl.*)   real estate property
**inofensivo(a)**   harmless
**inolvidable**   unforgettable
**intereses** (*m. pl.*)   property
**interminable**   neverending
**intimidad** (*f.*)   privacy
**inútil**   useless
**irse**   to go away, to leave
　**—de juerga**   to paint the town red

**J**

**jaca** (*f.*)   mare
**jadeante**   panting
**jalea** (*f.*)   jelly
**jarro** (*m.*)   earthen jug
**jaula** (*f.*)   cage
**jinete** (*m., f.*)   rider
**joven** (*m., f.*)   young man or woman; (*adj.*) young
**juegos de azar** (*m. pl.*)   gambling
**juez** (*m., f.*)   judge
**junco** (*m.*)   rush
**junto a**   next to
**juntos(as)**   together
**jurar**   to swear
**justo(a)**   fair, exact
**juventud** (*f.*)   youth

**L**

**labio** (*m.*)   lip
**labrar un acta**   to make a record
**lado** (*m.*)   side
**ladrar**   to bark
**ladrón(ona)** (*m., f.*)   burglar, thief
**lágrima** (*f.*)   tear
**largar**   to set free
**latir**   to beat (*i.e., one's heart*)
**lecho** (*m.*)   bed
**lejano(a)**   distant
**lengua** (*f.*)   tongue
**lentes** (*m. pl.*)   eyeglasses
**lento(a)**   slow
**leña** (*f.*)   wood
**letra** (*f.*)   letter, handwriting
**letrero** (*m.*)   sign
**levantar por el camino**   to give a ride
**leve**   light, slight
**levita** (*f.*)   frock coat
**libra** (*f.*)   pound
**librar**   to deliver, to free

**libre**   free
**ligero(a)**   light
**limosna** (*f.*)   alms
**lince**   shrewd person
**liquidar**   to liquidate, to kill (*coll.*)
**lisito(a)**   really smooth
**liso(a)**   smooth
**llama** (*f.*)   flame
**llano** (*m.*)   plain
**llanura** (*f.*)   plain
**llevarse la suerte**   to be lucky
**llorar**   to cry, to weep
**llover (o → ue)**   to rain
**lobo** (*m.*)   wolf
**locura** (*f.*)   insanity
**lograr**   to manage, to achieve
**lona** (*f.*)   canvas
**loro** (*m.*)   parrot
**lozanía** (*f.*)   freshness, youth
**lucha** (*f.*)   fight, struggle
**luna** (*f.*)   moon
**lustroso(a)**   shiny

## M

**madera** (*f.*)   wood
**madrugador(a)** (*m., f.*)   early riser
**maldecir**   to curse (*conj. like* **decir**)
**maletero** (*m.*)   trunk (*of a car*)
**malquerer (e → ie)**   to hate
**manchar**   to stain
**mandamiento** (*m.*)   commandment
**mandíbula** (*f.*)   jaw
**manecilla** (*f.*)   hand (*of a clock*)
**manga** (*f.*)   sleeve
**maní** (*m.*)   peanut
**manicomio** (*m.*)   insane asylum
**mantener** (*conj. like* **tener**)   to maintain,
    to support, to keep
**manzana** (*f.*)   city block; apple
**mar** (*m.*)   sea
**marcharse**   to depart, to leave,
    to go away
**mareo** (*m.*)   dizziness
**margarita** (*f.*)   daisy
**marido** (*m.*)   husband
**más bien**   rather
    **—vale**   it's better
**mata** (*f.*)   plant
**matar**   to kill
**matrimonio** (*m.*)   married couple;
    marriage
**mazorca** (*f.*)   ear of corn
**mecer (yo mezo)**   to rock
**mechón** (*m.*)   lock (*of hair*)
**medida** (*f.*)   measure
**medios** (*m. pl.*)   means

**mejilla** (*f.*)   cheek
**mejorar**   to improve
**mellizos(as)** (*m., f., pl.*)   twins
**mente** (*f.*)   mind
**mentira** (*f.*)   lie
**mentón** (*m.*)   chin
**merienda** (*f.*)   snack
**meter**   to put
**meterse en**   to get into
**miedo** (*m.*)   fear
**miel** (*f.*)   honey
**mientras tanto**   in the meantime
**millar** (*m.*)   thousand
**mirada** (*f.*)   look
**miseria** (*f.*)   poverty
**mismo(a)**   same
**mitad** (*f.*)   half
**mocedad** (*f.*)   youth
**mohín** (*m.*)   gesture
**mojarse**   to soak
**molestarse (en)**   to bother
**moneda** (*f.*)   coin
**monja** (*f.*)   nun
**montar**   to mount
**montón** (*m.*)   heap
**morcilla** (*f.*)   blood sausage
**mordaz** (*adj.*)   biting
**mordedura** (*f.*)   bite
**morder (o → ue)**   to bite
**mosca** (*f.*)   fly
**mostrador** (*m.*)   counter
**muela** (*f.*)   molar, tooth
    **—de juicio**   wisdom tooth
**muerte** (*f.*)   death
**muerto(a) a tiros**   shot to death
**mugre** (*f.*)   filth
**mujer** (*f.*)   woman, wife
**muñeca** (*f.*)   wrist; doll
**muro** (*m.*)   outside wall

## N

**naipe** (*m.*)   playing card
**nalgas** (*f. pl.*)   buttocks
**nariz** (*f.*)   nose
**nave espacial** (*f.*)   spaceship
**navegar**   to sail
**necio(a)**   dumb, stupid, foolish;
    (*m., f.*)   fool
**negarse (a) (e → ie)**   to refuse
**negocio** (*m.*)   business
**ni (siquiera)**   not even
**nido** (*m.*)   nest
**niebla** (*f.*)   fog, mist
**niñera** (*f.*)   nanny
**noticia** (*f.*)   piece of news
**noticioso** (*m.*)   news (*Am.*)

**novedad** (*f.*)   news
**nube** (*f.*)   cloud

## O

**obra** (*f.*)   work
**obrero(a)** (*m., f.*)   laborer, worker
**ocaso** (*m.*)   setting sun
**ocultar**   to hide
**oculto(a)**   hidden
**ocurrir**   to happen
**odiar**   to hate
**odio** (*m.*)   hatred, hate
**ojeada** (*f.*)   glance
**ola** (*f.*)   wave
**oler (yo huelo) a**   to smell (*of*)
**olfatear**   to sniff
**olor** (*m.*)   smell
**oreja** (*f.*)   ear
**orgullo** (*m.*)   pride
**orgulloso(a)**   proud
**orilla** (*f.*)   edge (*of a river*)
**oscurecer**   dusk; to grow dim
**oscuro(a)**   dark

## P

**pago** (*m.*)   town (*coll.*)
**país** (*m.*)   country
**pájaro** (*m.*)   bird
**palabra** (*f.*)   word
**palidecer**   to become pale
**pálido(a)**   pale
**palmada** (*f.*)   slap
**palpar**   to feel
**papel** (*m.*)   role
**parado(a)**   standing still
**parar(se)**   to stop
**pariente** (*m.*)   relative
**parpadear**   to blink
**párpado** (*m.*)   eyelid
**pasadizo** (*m.*)   aisle
**pasar**   to happen
**pasas** (*f. pl.*)   raisins
**pasear**   to go for a walk
**pasearse**   to go for a walk,
    to pace
**paso** (*m.*)   step
**pastar**   to graze
**pastilla** (*f.*)   pill
**patada** (*f.*)   kick
**patrón(ona)** (*m., f.*)   boss
**paz** (*f.*)   peace
**pecar**   to sin
**pecho** (*m.*)   chest, breast
**pedazo** (*m.*)   piece
**pegajoso(a)**   sticky
**pegar**   to stick to

**pegar(se) un tiro**   to shoot (oneself)
**peinar**   to comb
**pelea** (f.)   fight, argument
**pelear**   to fight; to nag
**pelo** (m.)   hair
**pelona** (f.)   death (coll.)
**peluca** (f.)   wig
**pena** (f.)   sorrow
**peón** (m.)   laborer
**pequeñez** (f.)   smallness
**pérdida** (f.)   loss
**perdón** (m.)   forgiveness
**perdonar**   to forgive
**perenne**   perpetual
**pereza** (f.)   slowness, laziness
**pernoctar**   to spend the night
**perseguir** (e → i)   to chase
**persiana** (f.)   shutter, venetian blind
**personaje** (m.)   character
**pertenecer (yo pertenezco)**   to belong
**pertenencias** (f. pl.)   belongings
**perturbador(a)**   disturbing
**pesado(a)**   heavy
**pesar**   to weight
**pestaña** (f.)   eyelash
**petaca** (f.)   tobacco pouch
**pícaro(a)**   sly
**piedad** (f.)   pity
**piedra** (f.)   rock, stone
**piel** (f.)   skin
**pinchazo** (m.)   shot, injection
**pingo** (m.)   horse
**pinzas** (f. pl.)   pliers
**pisar**   to step, to set foot on
**pitar**   to honk
**platicar**   to talk
**plenitud** (f.)   fullness
**pluma** (f.)   feather
**poblar** (o → ue)   to populate
**pobre**   poor
**pobreza** (f.)   poverty
**poco antes**   a little before
**poco tiempo**   a short time
**poderoso(a)**   powerful
**polvo** (m.)   dust, powder
**pomarrosa** (f.)   rose apple
**pompa** (f.)   grandeur
**ponerse**   to become
   **—de pie**   to stand up
   **—en marcha**   to start going
   **—gris**   to turn gray
**poniente** (m.)   west
**por**   for, out of, through
   **—delante**   in front
   **—el rabo del ojo**   through the corner of one's eye

**—encima de**   above, over; in spite of
**—ese entonces**   about that time
**—eso**   that's why
**—lo visto**   apparently
**—todos los santos**   in heaven's name
**portal** (m.)   entry
**postizo(a)**   false
**potrillo(a)**   small horse
**pozo** (m.)   well, deep hole
**precipitado(a)**   rapid
**premio** (m.)   prize
**presentar**   to introduce
**presión** (f.)   pressure
**privada** (f.)   dead-end street (Mex.)
**probar** (o → ue)   to prove
**proceso** (m.)   trial
**procurar**   to try
**propio(a)**   own
**proponer** (conj. like **poner**)   to propose
**proponerse**   to intend to, to plan
**pueblo** (m.)   town
**puente** (m.)   bridge
**puerco** (m.)   pig
**puerta giratoria** (f.)   revolving door
**puesta del sol** (f.)   sunset
**pulir**   to polish
**pulmón** (m.)   lung
**punto de vista** (m.)   point of view
**puñado** (m.)   handful
**puñal** (m.)   dagger
**puñalada** (f.)   stab
**puño** (m.)   handle
**puro(a)**   pure, straight (liquor)

## Q

**quedar(se)**   to remain, to stay
   **—con**   to keep
   **—despachado(a)**   to be settled, to be arranged
**queja** (f.)   complaint
**quemar**   to burn
**quemarse las pestañas**   to work hard
**querer** (e → ie)   to love; to want
**quicio** (m.)   door jamb, opening
**quieto(a)**   still
**quinqué** (m.)   oil lamp
**quinta** (f.)   orchard
**quizás**   perhaps, maybe

## R

**rabia** (f.)   rage, fury
**raíz** (f.)   root
**rama** (f.)   branch
**rancho** (m.)   hut
**raptor(a)** (m., f.)   kidnapper

**raro(a)**   strange
**raras veces**   rarely
**rasgar**   to tear
**rasgo** (m.)   feature
**rasquetear**   to brush
**rayuela** (f.)   hopscotch
**recámara** (f.)   bedroom
**recién**   recently, lately
**recién nacido(a)** (m., f.)   newborn
**reconocer** (conj. like **conocer**)   to examine; to recognize
**reconocimiento** (m.)   check up
**recorrer**   to go through
**recto(a)**   straight
**recuerdo** (m.)   memory
**red metálica** (f.)   screen
**redondo(a)**   round
**reducido(a)**   reduced
**regañar**   to scold
**reina** (f.)   queen
**reír(se)** (e → i)   to laugh
**reja** (f.)   iron bars or railing
**relámpago** (m.)   lightning
**remedio** (m.)   remedy
   **no hay—**   there's no choice
   **no quedar—**   to have no choice
   **no tener—**   to have no choice, to have no alternative
**remordimiento** (m.)   remorse
**rendirse** (e → i)   to surrender
**renglón** (m.)   line
**repelar**   to complain
**repleto(a)**   full
**repuesto(a)**   recovered
**reseco(a)**   dry
**respingado(a)**   turned up (nose)
**respirar**   to breathe
**restirador** (m.)   drawing board
**resto** (m.)   remnant
**retroceder**   to back up
**revés** (m.)   back
**revivir**   to relive
**revuelo** (m.)   flying to and fro
**rezar**   to pray
**rifa** (f.)   raffle
**rincón** (m.)   corner
**riñón** (m.)   kidney
**río** (m.)   river
**riqueza** (f.)   wealth
**risa** (f.)   laughter
**rizarse**   to curl
**rodar** (o → ue)   to tumble down, to slide
**rodear**   to surround
**rogar** (o → ue)   to beg

**romperse**   to break down
**ronda** (*f.*)   round
**ropaje** (*m.*)   clothing
**rosal** (*m.*)   rose bush
**rostro** (*m.*)   face
**rozar**   to rub against
**rudo(a)**   rough, coarse
**ruido** (*m.*)   noise
**rumbo** (*m.*)   direction, path
—**a**   toward

**S**

**sabiduría** (*f.*)   wisdom
**saborear**   to taste, to savor
**sabroso(a)**   tasty
**sacar**   to take out
—**el premio** (*m.*)   to win the prize
—**la lotería**   to win the lottery
**saco** (*m.*)   coat
**salina** (*f.*)   salt marsh
**salir bien**   to turn out well
**saltar**   to jump out, to jump (over)
**sangre** (*f.*)   blood
**sano(a)**   healthy
**¡Santo cielo!**   Good Heavens!
**sastre** (*m.*)   tailor
**secar(se)**   to dry (oneself )
**seguido(a)**   followed
**sembrar (e → ie)**   to sow
**semejante** (*m., f.*)   fellow being
**semilla** (*f.*)   seed
**senda** (*f.*)   path
**sensibilidad** (*f.*)   sensitivity
**seña** (*f.*)   mark, sign; *pl.* address
**señalar**   to point
**señorito** (*m.*)   young man
**señorona** (*f.*)   great lady
**sepulcro** (*m.*)   tomb
**serenarse**   to calm down
**sereno** (*m.*)   night watchman
**seres que amo** (*m., pl.*)   my loved ones
**servirse (e → i)**   to help oneself
**siembra** (*f.*)   sown field
**siervo(a)** (*m., f.*)   slave
**siglo** (*m.*)   century
**silvestre**   wild
**sin**   without
—**cesar**   without stopping
—**embargo**   nevertheless, however
—**ganas**   without enthusiasm
—**lugar a dudas**   without a doubt
—**ruido**   silently
—**sentido**   unconscious
**sino**   but
**sobre** (*m.*)   envelope
**sobresaltarse**   to jump

**sobretodo** (*m.*)   overcoat
**sobrevivir**   to survive
**socorrer**   to help, to aid
**¡socorro!**   help!
**solapa** (*f.*)   lapel
**soldado** (*m.*)   soldier
**soledad** (*f.*)   loneliness
**soler (o → ue) (+ infinitivo)**   to be accustomed to, used to (+ infinitive)
**sollozo** (*m.*)   sob
**soltar (o → ue)**   to let go
—**el cinturón**   to unbuckle one's seatbelt
**sombra** (*f.*)   shadow(s)
**sonar (o → ue)**   to ring
**sonreír (e → i)**   to smile
**sonriente**   smiling
**soñador(a)** (*m., f.*)   dreamer
**soñar (o → ue)**   to dream
**soplar**   to blow
**sorbito** (*m.*)   sip
**sordo(a)**   deaf
**sospecha** (*f.*)   suspicion
**sostener** (*conj. like* **tener**)   to hold up
**suave**   gentle
**suavemente**   gently
**súbitamente**   suddenly
**suceder**   to happen
**suceso** (*m.*)   happening, event
**sudor** (*m.*)   sweat
**suelto(a)**   loose, relaxed
**sueño** (*m.*)   dream
**suerte** (*f.*)   luck
**sufrido(a)**   long-suffering
**sumergir**   to sink
**sumir**   to bury, to sink
**sumiso(a)**   meek, docile
**suplicar**   to beg
**surco** (*m.*)   furrow
**surtidor** (*m.*)   fountain
**suspiro** (*m.*)   sigh

**T**

**tabla** (*f.*)   shelf
**tal como**   exactly as
**tal cosa**   such a thing
**talón** (*m.*)   heel
**tantos(as)**   so many
**tapiz flamenco** (*m.*)   Flemish tapestry
**tejido(a)**   woven
**tela** (*f.*)   fabric
**tembloroso(a)**   trembling
**temido(a)**   feared
**temor** (*m.*)   fear
**tenderse (e → ie)**   to stretch out
**tener**   to have

—**nada que hacer**   to have nothing to do
—**puesto(a)**   to have on
**teñido(a)**   dyed
**terminar por**   to end up
**ternura** (*f.*)   tenderness
**tez** (*f.*)   skin
**tibio(a)**   lukewarm
**tienda de antigüedades** (*f.*) antique shop
**tierra** (*f.*)   earth
**timbre** (*m.*)   stamp (*Mex.*); bell
**tina** (*f.*)   bathtub
**tinieblas** (*f.*)   darkness
**tinta** (*f.*)   ink
**tirar**   to throw; to shoot
**tiro** (*m.*)   shot
**tirón** (*m.*)   pull
**titubeante**   hesitant
**título** (*m.*)   degree
**tocar**   to touch, to ring
—**la bocina**   to honk (*a car horn*)
**tomar una copa** (*m.*)   to have a drink
**tonto(a)**   dumb, stupid, silly
**torcer (o → ue)**   to twist
**torcido(a)**   twisted, crooked
**tormenta** (*f.*)   storm
**tornar**   to turn
**torpeza** (*f.*)   clumsiness, stupidity
**torre** (*f.*)   tower
**tragar**   to swallow
**trago** (*m.*)   drink; swallow
**traicionar**   to betray
**tranquilo(a)**   calm
**tranvía** (*m.*)   streetcar
**trapo** (*m.*)   cloth, rag
**tratar de**   to try
**trayecto** (*m.*)   stretch, route
**trenza** (*f.*)   braid
**trenzado(a)**   braided
**treta** (*f.*)   trick
**trigo** (*m.*)   wheat
**tristeza** (*f.*)   sadness
**triturar**   to crush
**tropezar (e → ie)**   to trip over; to come upon—**con** to come into contact with
**trueno** (*m.*)   thunder
**turbio(a)**   muddy

**U**

**umbral** (*m.*)   threshold
**una temporadita más**   a little while longer
**undécimo(a)**   eleventh
**único(a)**   only; (*m., f.*) the only one

**V**

**vaca** (*f.*)   cow
**vacilar**   to shake; to doubt
**vagar**   to wander, roam
**vaina** (*f.*)   pod; thing (*coll.*)
**valeroso(a)**   brave, valiant
**valor** (*m.*)   courage, value
**vano(a)**   illusory
**varón** (*m.*)   male
**¡Vaya usted a saber!**   Who knows?
**vecino(a)** (*m., f.*)   neighbor
**vejez** (*f.*)   old age
**vela** (*f.*)   candle; sail
**venganza** (*f.*)   revenge
**venir a parar**   to land
**ventaja** (*f.*)   advantage
**ventura** (*f.*)   happiness
**verdad** (*f.*)   truth

**verdoso(a)**   greenish
**vereda** (*f.*)   sidewalk (*Am.*)
**verter (e → ie)**   to shed (*i.e., tears*)
**vestido(a)**   dressed
**víbora** (*f.*)   snake
**vidriera** (*f.*)   store window; glass cabinet
**viejísimo(a)**   very old
**viejo(a)**   old
**vientre** (*m.*)   belly, abdomen
**vigilar**   to watch
**vitrina** (*f.*)   window (*in a store*)
**viudo(a)** (*m., f.*)   widower, widow
**volante** (*m.*)   steering wheel
**voluntad** (*f.*)   will
**volver (o → ue) del revés**   to turn inside out, to reverse, to turn around the other way

**volver (o → ue) la vista atrás**   to look back
**volverse (o → ue)**   to turn around
 —**contra**   to turn against
 —**loco(a)**   to go crazy
**voz** (*f.*)   voice

**Y**

**ya**   already
 —**no**   no longer
**ya que**   since
**yerno** (*m.*)   son-in-law
**yeso** (*m.*)   cast

**Z**

**zarandear**   to shake
**zumbido** (*m.*)   buzzing

# Text Credits

p. 7      Marco Denevi, "Apocalipsis". Reprinted by permission of the author.

p. 8      "Meciendo" by Gabriela Mistral from *Poesías completas por Gabriela Mistral.* Third Edition (Madrid, Aguilar, 1966). Reprinted by arrangement with Doris Dana, c/o Joan Daves Agency as agent for the proprietor. Copyright 1971 by Doris Dana.

p. 16      Marco Denevi, *Génesis.* Reprinted by permission of the author.

p. 18      Enrique Anderson-Imbert, "La muerte," *El Grimorio.* Reprinted by permission of the author.

p. 27      Jorge Luis Borges, "Leyenda" Copyright © 1995 by María Kodama. First printed in *Elogio de la sombra.* Reprinted by permission of The Wylie Agency, Inc.

p. 28      Marco Denevi, "El maestro traicionado" from *Cuentos y microcuentos.*

p. 30      Enrique Anderson-Imbert, "La muerte," *El Grimorio.* Reprinted by permission of the author.

p. 36      Blaz Jiménez, "Diálogo negro." Reprinted by permission of the author.

p. 38      José Martí, de Versos sencillos; "Poema N° V" from *Prosa y poesía* by José Martí.

p. 42      Ana María Matute, "La niña fea" (from Los niños tontos), © Ana María Matute, 1956. Reprinted by permission of Agencia Literaria Carmen Balcells, S. A.

p. 49      "Cuadrados y ángulos" by Alfonsina Storni. Reprinted by permission of Editorial Losada, S.A., Buenos Aires.

p. 57      Excerpted from "Una carta a Dios" by Gregorio López y Fuentes, from *Cuentos campesinos de México*, Editorial Cima, 1940.

p. 60      "La higuera" by Juana de Ibarbourou, from *Antología: poesía y prosa 1919–1971.* Reprinted by permission of Editorial Losada, S.A., Buenos Aires.

p. 65      Julio Cortázar; "Viajes" (from *Historias de cronocopios y de famas*), © Julio Cortázar, 1962, heirs of Julio Cortázar. Reprinted by permission of Agencia Literaria Carmen Balcells, S.A.

p. 72      "Canción del jinete" by Federico García Lorca. Copyright © by The Heirs of Federico García Lorca. Reprinted by permission of Agencia Literaria Mercedes Casanovas.

p. 74      From Nicolás Guillén, *Cantos para soldados y sones para turistas.* Copyright © 1937, Editorial Masas.

p. 78      "El as de espadas" by Hugo Rodríguez-Alcalá. Reprinted by permission of the author.

p. 81      Olga Ramírez de Arellano, "El adversario." Reprinted by permission of Professora Olga Nolla.

p. 84      "El viaje definitivo" by Juan Ramón Jiménez, *Antología poética*, Second Edition (Buenos Aires: Editorial Losada, 1958). Reprinted by permission of the estate of Juan Ramón Jiménez.

p. 86      "Canto de esperanza" by Daisy Zamora from *La violenta espuma: poemas, 1968–1978* (Managua, Nicaragua: Ministerio de Cultura, 1981). Used by permission of Curbstone Press.